Herzsprung
Verlag

Impressum:

Alle weiteren Personen und Handlungen des Buches sind frei erfunden.
Ähnlichkeiten mit lebenden oder verstorbenen Personen sind
zufällig und nicht beabsichtigt.

Besuchen Sie uns im Internet:
www.herzsprung-verlag.de
www.papierfresserchen.de

© 2022 Papierfresserchens MTM-Verlag + Herzsprung-Verlag GbR
Mühlstraße 10, D- 88085 Langenargen
info@herzsprung-verlag.de + info@papierfresserchen.de
Alle Rechte vorbehalten.
Erstauflage 2022

Cover gestaltet von © Jane Gebert
Lektorat + Herstellung: CAT creativ - www.cat-creativ.at

Gedruckt in Polen

ISBN: 978-3-98627-032-2 - Taschenbuch
ISBN: 978-3-98627-033-9- E-Book

DAS KNIE TRIFFT NICHT DIE MAGENGRUBE

SKURRILE GESCHICHTEN AUS DEM WÜRFELBECHER

WINFRIED ROCHNER

Herzsprung-Verlag

INHALT

FERNSEHGRÖSSEN

Das Fernsehen – eine Quelle schmeichelhafter Äußerungen. Die vielen Programme – von dessen Inhalt gar nicht erst zu reden. Jeder darauf Angesprochene gab eine andere Antwort über die Anzahl der Programme, deren Inhalte und die Farbe des Bildes. Danach gab es keine klaren Ergebnisse von den Befragten meines Freundes- und Bekanntenkreises sowie zufälliger Gesprächspartner. Hierzu ergab sich nichts Konkretes.

Mein Freund Wadim Buchner meinte, dass die Unterhaltung per Bildschirm Vorrang hätte, denn dieser Schirm sei kein Rettungsschirm für haltlos Fallende und kein Schirmpilz für Verstecke kleiner Leute. Selbst als Regenschirm wäre er nur bedingt nutzbar, denn im Regen stehen nur jene, die auf den Schirm glotzen und sich maximal die Augen dabei verderben. Wadims Leichtsinn ging so weit, zu unterschiedlichen Tageszeiten den elektrischen Strom zu bitten, den Schirm zu erleuchten. Sein Finger an der Fernbedienungshand drückte in eine Richtung alle aufleuchtenden Zahlen, die – mit den entsprechenden Programmen liiert – diese prompt hergaben.

Einzelschicksale, Liebesnöte, Familiendramen, Gerichtsbeschlüsse, Sportsendungen, die sich überwiegend auf den Fußball orientierten, desgleichen wüste Mordorgien mit für ihn völlig unbekannten Personen nötigten ihm jedes Mal einen Viertelliter Tränen ab, die er durch einen möglichen Flüssigkeitsnachschub ersetzen musste. Zwischendurch verwechselte er die Flaschen und lag dann besinnungslos neben dem Fernsehapparat.

Sein Erinnerungsvermögen gab später nichts mehr heraus, und er bekam das Gefühl, einige Gehirnverkettungen verloren zu haben. Zwei Tage später verweigerte der Finger seiner rechten Hand den Gehorsam, den Einschaltknopf am Fernsehschalter zu bewegen und den Fernsehbedienungsknopf für die Programme systematisch zu drücken. Sein Jubel darüber stellte sich verhalten ein. Eine Woche später begann er mit dem alten Spielchen – Fernseher an. Bei den Krimiserien, die nunmehr jeden Abend weit bis in die Mitternachtsstunden folgten, legten der Schusswechsel, die blutigen Messerstiche und andere scheußliche kriminelle Handlungen meinen Freund Wadim ins Koma und bescherten ihm einige Tage Freizeit.

Eines Tages sprach er mich an: „Weißt du, Uwe, ich kann keinen Blick mehr auf den Bildschirm richten. Ich habe Angst, dass meine Gesundheit und meine Verbindungen im Gehirn darunter leiden."

„Ach was, Wadim Buchner, mein Freund, das richtige Leben findet in den Comedy-Serien statt. Alles andere sind Kulissen, rote Farbe und eine gewissenhafte Arbeit von Realisatoren, um aus Schauspielern Verletzte und Leichen zu präparieren. Heute aber ist ein wundervolles Programm zu erleben, Prominente im Container, das musst du einfach sehen, nein, erleben. Das Spektakel spielt in einem herrlich ausgestatteten Haus (alles Kulisse) mit Prominenten, die sich pausenlos vollblödeln. Ein dicker Mann namens Holtz auf der Heide und ein kleiner vertrockneter, Rudi der Schlichte, sind die Moderatoren, die vor diesem Hause sitzen. Endlich fand das Fernsehen einen richtig hässlichen Vogel auf dem Bildschirm und nicht wieder die üblichen männlichen Männer, denen die Künstlichkeit aus allen Poren tropft, von dem Kleinen mal ganz abgesehen. Die Serie kommt jede Woche regelmäßig, und wir können uns dann darüber unterhalten. Ja, wir setzen uns beide vor den Fernsehapparat bei mir zu Hause und können den Spaß so echt genießen."

Am nächsten Tag kam Wadim zu mir, und wir starren gespannt auf den Bildschirm. Ein fetter Kerl in rosa Kleidern mit einer hohen Mütze auf dem Kopf, der sich in einem Sessel vor dem Haus rekelte, begrüßte all die Weiblein und Männlein, die vor dem Containerhaus eintrafen, und vielleicht auch die Bildschirmgucker.

„Hallo Leute, scheiße, dass ihr schon hier seid, ich musste noch den letzten Promi in die Kiste bringen", gab er von sich, und das alles in einem verballhornten Berliner Dialekt, der schnell auf die Herkunft dieses Monsters schließen ließ. Der kleine dünne Mitmoderator artikulierte ein erkenntliches Hochdeutsch, dafür jedoch pausenlos, ohne zwischen den Sätzen Luft zu holen. Ein erstaunliches Phänomen für mich. Der Inhalt dieser Reden passte hervorragend zu den Prominenten im Big-Brother-Container. Die Spannung wuchs bei den Reden dieser Moderatoren.

Der Dicke zu einem Neuankömmling: „Endlich bist du da, trotz der vielen Termine konntest du dich für uns freimachen, und nun ist deine Großmutter krank. Selbstverständlich musst du dich um sie kümmern und zurückgehen. Wir werden dich vermissen, liebe Marlene."

Eine Stimme aus dem All, die über den Prominenten schwebte, gab Anweisungen für ein Spiel, welches über das Verbleiben oder Entlassen aus dem Haus entschied. Beim Ausscheiden nach dem Verlust der Aufgabe kam ein neuer Promi hinzu. Die Stimme ordnete ein Fingerspiel an (für Kinder von 3 Jahren leicht zu bewältigen), und Graben Heinrich weinte, da er es nicht schaffen könnte.

„Fuck you", heulte eine andere Promili los, „habe keinen Bock auf die Aufgabe."

„Big Brother ist so ein Schwein und fiese Sau", ertönte es von Promi Peter, denn sie mussten eklige Fleischstücke und eine krümelig stinkige Substanz runterwürgen.

„Es ist nur zum Abkotzen", so Promi Greta.

Nach einer angeordneten Schlammdusche folgte: „Scheiße, ich will deinen Rücken nicht einreiben, was habe ich davon!"

„Wichser, Megahammer, dass du endlich von den Drogen runter bist! Sortierst du mit mir das Konfetti bei der nächsten Aufgabe?"

So tönten die Unterhaltungen während der Aufgaben oder in der verbleibenden freien Zeit.

Der dicke Moderator wechselte oft die Kleidung und hatte bald alle Farbschattierungen und Hüte aufgetragen. Manchmal denke ich, dass die Promis, die mir völlig unbekannt sind, sich der Promiskuität widmen und vielleicht dabei die Klappe halten.

Diese hervorragende Unterhaltung am Bildschirm – es ist eine Freude, den unartikulierten Streitereien der Promis zuzuhören. Ich beglückwünsche die Erfinder dieser schon fast authentischen Bilddokumentation über das Verhalten der Prominenten in unserem Lande. All jener Berühmtheiten, die uns mit sprachlichen Ausdrucksformen verwöhnen und damit die Deutsche Kultur auf ein besonderes Niveau heben. Es sind Gott sei Dank 800 Sendungen geplant, wobei ich kaum befürchte, dass nicht genug Promis dafür gefunden werden.

Wirklich Prominente, die jeder auf dem Bildschirm sieht, sind die immer wieder öffentlichkeitsgeilen Politiker. Es dauerte nur einen Wimpernschlag, vielleicht auch noch weniger, da entdeckten die Politiker dieses Promi-Big-Brother-Haus. Eine weitere Möglichkeit, ohne eine persönliche Berührung mit dem Volke, sich diesem zu präsentieren. So auch der Landtagspräsident. Der Bundestagspräsident schaltete sich mit ein und meinte, er könnte so einige, bisher nicht bekannte Bundestagsabgeordnete hier präsentieren. Vielleicht den einen oder anderen abgehalfterte Bundesminister, die noch im Bundestag herumsaßen, still hielten und währenddessen ein weiteres Sprungbrett ansteuerten für eine neue Karriere. Ja, oder einen neuen MDB, der als Hinterbänkler sein tristes Dasein fristete, sinnierte er vor sich hin.

Zuerst entsandte der Senat den Finanzsenator. Ein lustiges Kerlchen voller eigenbrötlerischer Kraft, dem die hohen Schulden des Stadtstaates Berlin hinten vorbeigingen. Der rosa Dicke begrüßte ihn gleich, ohne seine Fettpolster aus dem Sessel zu heben.

„Na, du Flachmann, wie siehst du denn aus in Schlips und Kragen! Hosen runter, haha, und Schlabberlook an, du Flachzange, du wirst det schon machen."

Der Promi zog ein, und er platzte in eine Diskussion mit Promi Käthe, die eine blaue Nase auswies, da sie eben von Promi Greta eine übergezogen bekam. Nur wegen Promi Peter, den beide haben wollten.

„He, Alter wann druckst du denn endlich große Scheine oder kannst du das nicht, eh? Ich bin pleite nach meinen letzten Gesängen!", ließ Promi Peter aus dem Hintergrund seine Stimme erschallen.

Inzwischen ertönte die salbungsvolle dunkle Stimme von irgendwoher aus dem All. Eine nächste Aufgabe, die über den Verbleib im Promihaus entscheiden sollte: „Hebt das rechte Bein bis an das linke Ohr, die Arme vorstrecken, nach hinten fallen und lauthals *Kuckkuck* rufen und das Ganze zehnmal ohne Zeitangabe."

Nach zwei Tagen schafften Promi Ursel und Käthe die Leibesübung sogar sechsmal, während Promi Peter nur zweimal dieses Kunststück fertigbrachte. Beim letzten Fall konnte er nicht mehr aufstehen, und sein Gesicht nahm eine blau-grüne Farbe an. Der Finanzsenator, an derartige Verrenkungen gewöhnt, erledigte das locker in drei Stunden.

„Hervorragend, ihr vier, das Publikum entscheidet, wer ausziehen muss", tönte aufs Neue die Stimme von irgendwoher.

Nach zwei Tagen zog der Finanzsenator aus, das Publikum wollte einen Vertreter des Schuldengrabes nicht mehr länger ertragen. Man nahm an, die Stimmen gegen ihn waren getürkt, um als nächsten Vertreter den Oberpartylöwen aus dem Rathaus auszustellen. Ein herziges Kerlchen, dem Berlin förmlich auf den Leib geschrieben stand. Über die versenkten Milliarden und Fehlentscheidungen in seinem Verantwortungsbereich sahen die beiden Empfangskomiteeler großzügig hinweg, die Party konnte beginnen.

Ehe die zwei etwas sagen konnten, krähte er: „Das ist gut so, wo sind die Schlampen, die ich ausführen soll?"

Dem kleinen Empfänger verschlug es glatt die pausenlos quatschende Klappe. Großartig zog der Oberlöwe ein, trank die erste Flasche Sekt leer, um dann die reich gedeckte Tafel zielgerichtet abzuräumen. Nach mehreren kräftigen Rülpsern hielt er eine seiner inhaltsleeren Reden, um anschließend ein neues blendendes Projekt über den Ablauf im Container zu organisieren. Geld spielte für ihn keine Rolle, die Gebührenzahler finanzierten ohnehin alles. Die geheimnisvolle Stimme ließ er ins Leere laufen und saß nach Jahren immer noch im Container, der später, nach zwei Jahren, Konkurs anmelden musste. Der Oberlöwe beantragte flugs einen neuen Kredit, und die Party konnte weitergehen. Da ertönte wieder die mysteriöse Stimme, die er nun nicht mehr ignorieren konnte, mit folgender Aufgabe: „Was ergibt die Wurzel aus Vier?", deren Antwort er nicht wusste. So flog er in seinen Posten zurück.

Nun endlich konnte der Bundestag den ersten Hinterbänkler entsenden, der bisher still und bescheiden über 37 Jahre im Bundestag saß, niemals auffiel und aus früheren Erfolgen zehrte. Ihn segneten ein wirkungsvolles Greisenalter und eine Zeit, wo er viele ganz unterschiedliche Bundesministerien bekleidete. Er litt an leichter Senilität, konnte jedoch noch seine Gattin und Kinder erkennen. Nur bei einer seiner letzten öffentlichen Reden bemerkten es die Mitglieder des Bundestages. Sie fanden das in Ordnung, denn zu seiner Rente passte bloß das zusätzliche Salair als MDB. Den Container erreichte er mit seinem persönlichen Fahrer. Heinold Reisenzwicker, mit einem ruhigen, sehr langsamen Redefluss ausgestattet, konnte nichts und niemand erschüttern. In Designerkleidung zog er in den Container ein. Der rosarote Dicke konnte ihm nur noch nachrufen: „Eh, Alter, nimm die Fliege ab!", um nicht als Bestgekleideter zu gelten.

Für ihn gab es eine Sondereinzugsaufgabe. Er sollte alle seine Vorstandsposten aufzählen, aus denen er reichlich Geld bezog, was trotz allen Mühens nicht klappte. Sein Leibarzt, der ständig neben ihm stand, konnte da leider nicht helfen. In Unterhaltungen mit den anderen Promis sollte er über seine Arbeit im Bundestag berichten.

Er schwafelte langsam, mit großer Ausdruckskraft, und irgendwann folgte die Erkenntnis: „Ich weiß nicht mehr so genau, was ich da tue", und auch bei jedweden weiteren Fragen wiederholte er, „ich weiß nicht mehr so genau, was ich da tue."

Ein umwerfender Gewinn für die Fernsehzuschauer, die von diesem Greis keine knisternde Erotik erwarten konnten. Die geheimnisvolle Stimme stellte ihn permanent den Zuschauern zur (Ab)wahl. Aber wo sollte der Mann noch hin, er passte perfekt zu den knödelnden Promis, die einer nach dem anderen ab- und neugewählt wurden. Nach der 250. Sendung starb schließlich sein Leibarzt, während Heinold Reisenzwicker den Altersdurchschnitt im Big-Brother-Container weiter hochhielt. Seine Wahlperioden für den Bundestag liefen nach vier Jahren ab, und er wurde in seinem Wahlkreis für weitere vier Jahre gewählt. Danach konnte er sich noch mal ins europäische Parlament mogeln. Nach dem vorzeitigen Ende der Serie von insgesamt 658 weiteren Folgen gab es für Heinold entweder den Posten des Vorsitzenden der Jungen Union oder auch den des Direktors eines Krematoriums. Heinold Reisenzwicker musste sich entscheiden.

ARZTBESUCHE IM LÄNDLICHEN RAUM

Auf den Dörfern in Deutschland, vor allem dort, wo die jungen Leute auswandern, weil sie Besseres vorhaben, ist der Arztberuf eine Mangelausbildung. Keiner will mehr studieren und wenn, dann geht es nach der Ausbildung ab in die Stadt. Je größer die Stadt und je mehr Ärzte dort vereint sind, desto höher ist der Verdienst. Keiner will jemals wieder ins Dorf zurückkehren, obwohl kostenlose Praxiseinrichtungen angeboten werden. Viele Jugendliche aus den Dörfern schielen dorthin, wo es bessere Bedingungen für sie gibt. Wie zum Beispiel ein höheres Hartz-Salär für Anfänger, weil die Mieten in der Stadt höher liegen und häufigere Partnerwechsel so schön anonym bleiben. Schließlich sieht in einem Dorf jeder, der vorbeikommt, ob die Gardinen an den Fenstern des Nachbars hängen oder bereits neue dort Einzug gehalten haben, ob Opa nun doch die Schuhe des Enkels aufträgt oder ob schon wieder eine neue Mieze beim Nachbarn eingezogen ist. Da die Bewohner in einem Dorf oder zwischen den Nachbardörfern mehr oder weniger untereinander verwandt sind, gehört vor jedem Partnerwechsel ein ordentliches Stammbaumstudium dazu. So will man Erkenntnisse gewinnen, dass dann eine neue Partnerin oder Partner nicht das illegale Kind eines eigenen Vaters ist. Deshalb besser die Landflucht, um zu vermeiden, dass hier nicht – wie bei den Pharaonen üblich – die eigene Schwester geschwängert wird. Folglich werden die Dörfer jugendleer, und die Alten mit ihren Gebrechen sitzen nun alleine in ihren viel zu großen Häusern herum. Die Kinder, die dann noch in den Dörfern leben, stammen von Zuwanderern, die entweder reich genug sind, um vom Durchgebrachten zu leben, oder eben Naturverrückte. Sie alle lieben die wunderbare Landschaft und die Freiheit in der Natur und nehmen gerne längere Wege in Kauf, um gelegentlich einer entfernteren Beschäftigung nachzugehen.

Für die verbliebenen Bewohner all dieser Dörfer gibt es zwei Höhepunkte im laufenden Jahr: Einerseits das Dorffest und die umliegenden Dorffeste (die sämtlich auf die Monate Juli bis Oktober fallen), sodass ein Riesenstress auftritt, sie allesamt zu besuchen. Andererseits die Arztbesuche in der nahe gelegenen kleinen Stadt. Dorthin gelangt man mit dem einmal täglich fahrenden Bus, mit dem Fahrrad oder mit dem Pkw, wenn es denn noch möglich ist. Die Haare schneidet man sich gegenseitig, oder eine schönheitsdurstige Frau bestellt sich ab und zu eine Bekannte oder Freundin, die das Handwerk nach einer jahrelangen Kleinarbeit perfekt beherrscht. In Ausnahmefällen bei Hochzeiten oder hundertjährigem Geburtstag lässt man sich in die Stadt kutschieren.

Für die Alten ist der Arzt in der Stadt ein Muss. Allgemeine praktizierende Ärzte erfahren, zumal es mehrere gibt, hohe Frequenzen. Die drei Fachärzte unterschiedlicher Disziplinen signalisieren in der Regel riesige Wartezeiten.

Mich erwischte einmal das seltene Glück, dass ich meinen rechten Arm nur unter sehr starken Schmerzen bewegen konnte. Ein Bus fuhr um die Zeit eines Arztbesuches nicht in die Stadt, auf das Fahrrad musste ich verzichten, da ich die Handbremse nicht bedienen konnte. Also setzte ich mich ins Auto und bearbeitete alle Fahrhebel mit einem Übergriff der linken Hand. Während dieser Bedienung klemmte ich das Lenkrad zwischen die Knie. Die Stadt erreichte ich mit Schmerzen und schlenkerte zur Arztpraxis. Drei Namen standen in Aluminium schwarz geprägt am Hauseingang, und ich erkannte eine Gemeinschaftspraxis dreier Allgemeinärztinnen. Den Hauseingang durchschritt ich noch ganz hoffnungsvoll und stellte mich an das Ende einer Schlange, die zusätzlich die Treppe bevölkerte und am Tresen der Anmeldung endete. Nach einer Stunde Wartezeit stand ich dann vor einer umwerfend reizenden Schwester, die keinen geschlossenen weißen Kittel trug, sondern ihrer Reize offen zur Schau stellte. Sie sah mich durchdringend und freundlich lächelnd an, sodass mir alle Engel in den Kopf schossen und dann gleich zurück etwas tiefer.

Nach einem anfänglichen Stehplatz setzte ich mich nach einer weiteren halben Stunde auf einen frei werdenden Stuhl im Wartezimmer. Dreißig Patienten bevölkerten den Raum und verursachten einen immerhin erheblichen Geräuschpegel. Ich lauschte der Unterhaltung der mir am nächsten sitzenden zwei Frauen, die nach meiner Schätzung kurz vor ihrem achtzigsten Lebensjahr standen. Sie werteten ihre Rundreise aus, die sie mit ihrem Fahrrad über die skandinavischen Länder geführt hatte. Nun saßen die beiden hier und lachten über eine Begegnung in Finnland, als sie fast mit einem Elch zusammengestoßen wären, der sie beim Radeln überholen wollte, es jedoch nicht schaffte. Dafür streifte aber ein entgegenkommender Elch mit seinem Geweih die Lenkstange von Bertas Rad, um jenem Elch, der sie überholen wollte, auszuweichen. Ihr Lachen unterbrach dann die reizende Schwester vom Empfangstresen, die daraufhin Berta Stadler zur Ärztin Frau Dr. Griesecke rief. Sie blieb eine halbe Stunde im Behandlungszimmer, während ich mich vor Schmerzen hin und her wand. Durch die Tür der behandelnden Ärztin waren laute Unterhaltungsgeräusche und immer wieder lautes Gelächter zu hören. Frau Berta Stadler kam nach dieser schier endlosen Zeit heraus und hielt triumphierend ein Aspirin-Rezept in der Hand. Zu ihrer Reisebegleiterin sprach sie dann: „Frau Schmutzler, jetzt kann ich endlich meine Kopfschmerzen bekämpfen, die mich immer vor dem Einschlafen plagen."

Beide Frauen saßen danach noch eine längere Zeit beisammen und besprachen ihren nächsten Ausflug, der sie mit dem Fahrrad in die Hauptstadt führen sollte, um ein Rockkonzert der Gruppe „Tim Spaltenscheißer" zu besuchen.

Staunend sah ich, wie sich in einer Ecke des Warteraumes verschiedene Patienten formierten und ihre Bekleidung auf vorher gezogenen Schnüren aufhingen, die wie Kulissen in einem Theaterstück wirkten. Zwei Großelternpaare mit zusammen vier Enkeln postierten sich und begannen ein Theaterstück einzuüben. Nach längerer Konzentration erkannte ich, dass es sich um ein Krippenspiel handelte. Bis Weihnachten gab die Zeit noch keinen Anlass, solches zu proben. Ein Kind legte sich auf den Boden, wurde mit einer alten Jacke zugedeckt, und ein Großelternpaar mimte Maria und Josef. Die restlichen Kinder liefen als die drei Könige herum. Eine der beiden Großmütter stand mit erhobenen Armen als Engel neben der Maria. Sie schaute sich noch eine Weile suchend im Wartezimmer um und meinte, mit meinem herunterhängenden Arm sei ich zweifellos der richtige Esel für das nun fast vollständige Krippenbild. Gleich ob ich nun wollte oder nicht, wurde ich am Arm hochgezerrt und hinter den Josef gestellt, wobei der übrige Großvater als Hirte neben mir Aufstellung nahm. Weitere Aktionen zur Personalerhöhung gaben die Räumlichkeiten und die wenigen Kulissen nicht her.

Der Engel wies mit großer Geste auf die Krippe und rief theatralisch: „Ein Kind ist uns geboren", wobei ich nicht verstehen konnte, dass solch alte Leute noch Kinder zeugen konnten.

Die Türen der Ärztinnen öffneten sich dank dieses Lärms, und sie wollten schon den Notdienst alarmieren, um die werdende Mutter in die Klinik überweisen zu lassen. Beim Anblick des Engels jedoch verzogen sie sich wieder in ihre Behandlungsräume.

Von Josef bekam ich von hinten einen Tritt verpasst und musste lauthals: „Iah, iah …" schreien.

Die drei Könige umrundeten das liegende Enkelkind, und der Hirte brüllte: „Seht, es rührt sich, welch ein Wunder!"

Kurz darauf erschien die reizende Schwester, und der Engel mit dem Krippenkind durfte zu Frau Dr. Schubach, der anderen Ärztin der Gemeinschaftspraxis. Eine Pause trat nun ein, und die übrigen Krippenaktionäre sangen sämtliche Weihnachtslieder, beginnend von *Stille Nacht* bis *Ihr Kinderlein kommet* ab. Mein Arm schmerzte schrecklich, und ich setzte mich als Esel vor die Maria, die das gar nicht schicklich fand. Jetzt schrie ich weiterhin „iah, iah" und immer weiter und weiter, da ich es vor Schmerzen nicht mehr aushielt.

Endlich erbarmte sich eine der drei Ärztinnen und Frau Dr. Straube befahl mit strenger Stimme: „Ausziehen!"

Ich fragte ungläubig: „Alles?", worauf sie antwortete: „Ja, machen Sie schon." Mit höllischen Schmerzen riss ich mir die Sachen vom Leibe. Ich musste mich setzen, und nach der Rachen- und Zungenprobe befand sie, dass alles bestens sei. Nachdem ich sie ungläubig anblickte, meinte sie: „Na, dann drehen Sie sich mal um", und ging mit ihrer behandschuhten Hand in meine unteren Eingeweide.

Sie verschrieb mir eine kleine Packung Aspirin, da dieser Lärm in ihrem Wartezimmer mir sicher Kopfschmerzen verursacht hätte. Abschließend schlug sie mir noch die Faust in den Rücken wegen der Wirbelsäulenprobe und versuchte meinen Arm zu bewegen. Ich schrie laut auf.

„Ach, das wird sich schon geben, bewegen Sie ihn nur fleißig", kommentierte sie, verpasste mir eine Beruhigungsspritze und entließ mich aus ihren Fängen.

Die ganze Zeit über begutachtete die hübsche Schwester vom Tresen, die jetzt der Ärztin assistierte, wohlgefällig meine Extremitäten, was aufgrund dieser Schmerzen bei mir nichts mehr auslöste.

Als ich durch die Tür wieder in den Warteraum trat, sah ich einen Mundharmonikaspieler, der seine Mütze mit dem Schild schräg aufgesetzt hatte und eine lockere Weise zum Besten gab. Ich erkannte gleich diesen Sozialhilfeempfänger, der bei einem Musikwettbewerb erster geworden war. Die Schwester schob diesen berühmten Star gleich ins Arztzimmer von Frau Dr. Straube, obwohl er sich heftig dagegen wehrte. Nach einer Viertelstunde kam er als gebrochener Mann zurück und stöhnte, dass er doch nur Reklame für seine nächsten Auftritte mache und nun schon in der fünften Arztpraxis jedes Mal eine Spritze bekäme und deshalb bald nicht mehr laufen könnte. Bevor ich den Warteraum verließ, bemerkte ich noch, wie zwei Alte lauthals *Die Glocke* von Schiller aufsagten und von den anderen Patienten immer wieder korrigiert wurden. Mit Freuden stellte ich fest, dass diese Praxis einen kulturellen Treffpunkt für Alte und Kinder darstellte und deren Freizeit und Alltag verschönte.

Beim nächsten Mal nehme ich meine Frau mit, und wir werden dann das Theaterstück *Eine offene Zweierbeziehung* von Dario Fo und Franca Rame aufführen.

ORCHESTERSPIELE

Ein neuer Tag brach an, die Sonne gab das Letzte her und prasselte unnachgiebig auf den Straßenbeton und natürlich auf die Fußwege. Die Menschen, die dort entlangmarschierten, trugen alle eine Sonnenschutzkopfbedeckung, und manchmal sah die Sonne einen Schirm, der ihre Strahlen abhalten sollte.

Markus Fingerhut, der Erste Geiger in einem Orchester, verließ sein Bett, um Einkäufe zu tätigen. Seine Frau gab ihm einen Einkaufszettel, wo überwiegend Getränke verschiedener Sorten die Mehrheit bildeten. Bei dieser Gluthitze konnte an Getränken niemals genug im Hause sein. Er lief schnell und schnippte nervös mit seinen Geigenfingern. Einige Passanten drehten sich nach ihm um, wobei er meinte, als Erster Orchestergeiger erkannt zu werden. Dieser Irrtum klärte sich frühestens zu Hause rasch auf, als er bemerkte, dass eine Socke über seinen Schuhrand hing. Erkannt zu werden als Orchestergeiger schien fast schon unmöglich, denn er war Mitglied in einem Orchester, das quasi im Keller saß – einem Opernorchester. Ein Teil der Musiker saß mit freiem Blick nach oben in ihren Stühlen, während der andere Teil die Bühnendecke über sich hatte und somit das Stampfen der Balletttänzer dumpf vernahm. Der Dirigent hingegen konnte den Blick schweifen lassen zu seinen Musikern, auf die Opernakteure und zum Schluss beim Verneigen auf das Publikum. Sein Kopf ragte nur so weit aus dem Keller, dass manche annahmen, er habe keinen Unterleib. Das änderte sich erst dann, wenn er nach dem Ende der Vorstellung auf die Bühne zum Verneigen durfte. Die Arbeitszeit aller Opernakteure richtete sich sowohl nach der Länge der Oper, nach dem Applausbedarf des Publikums und der Eitelkeit einzelner Sänger bei Bravorufen und anschließend erfolgten Wiederholungen. Diese Sänger schritten dann mit hoch erhobener Nase aus dem Operngebäude. Die Orchestermitglieder galten als fleißige Arbeiter ohne besondere Allürenbezeugung. Es sähe wohl auch komisch aus, wenn Markus Fingerhut aus dem Keller auf die Bühne geklettert oder gar wie Phönix durch eine Plattform auf der Bühne langsam aufgetaucht wäre und seine Geige hochgehalten hätte. Manchmal überlegte er, ob er nicht doch einmal die Plattform benutzte und die göttlichen Stimmen auffordern würde, die Töne richtig zu treffen.

Es boten sich doch die vielfältigsten Abwechslungen im Keller während einer Opernaufführung. Am schlimmsten erging es den Orchestermusikern bei den langen Wagneropern. Der schier unerträgliche Lärm trug schon während der Vorstellung manchen Musiker mit geplatztem Trommelfell aus dem Keller. Alle litten unter starken Hörschäden, und sie erahnten öfter nur an den Armbewegungen des Dirigenten, an welcher Stelle der Oper sie sich gerade befanden. Ansonsten gab es nichts Schöneres als Musiker im Orchesterkeller zu leben. Für einige von ihnen war während der Opernaufführung keine Vollbeschäftigung gegeben. So hatte der Schlagzeuger nur ein kurzes Arbeitsdebüt. Der Triangelspieler schlug während des ganzen Abends nur drei Schläge an sein Instrument. In seiner freien Zeit spazierte er durch die Reihen der Musiker und nahm Bestellungen für einen Einkauf entgegen. Das Ganze ging über Lebensmittelkäufe für das Abendbrot der Familien bis zum Schlips für die Beerdigung des Onkels. Fabian Gutknecht, der Triangelspieler, erhielt sogar einmal vom Posaunisten den fragwürdigen Auftrag, einen Satz Kondome zu kaufen, da dieser gleich nach der Vorstellung seine Freundin besuchen musste, weil deren Mann an besagtem Abend in der Kneipe saß. Bei dieser Hitze rannte einer der Zweiten Geigen ständig in die Spätverkaufsstelle, um Getränke zu besorgen. Schwierig stellte sich die unmittelbare Geträn-keversorgung des Dirigenten dar. Ihm wurde eine flache Flasche unter das Oberhemd praktiziert. Sobald er dann mit äußerster Hingabe und tief gebeugtem Kopfe seine Arme kreisen ließ, nahm er immer einen Schluck aus dem verdeckten Strohhalm seiner Flasche. Schwierig gestaltete sich bei längeren Opern der Getränkenachschub. Hier wurde durch den Flaschenboden zu einem Rückschlagventil ein Schlauch gezogen, welcher schließlich beim Zweiten Hornbläser endete, der wiederum mit einer Pumpe für Getränkenachschub sorgte. Einmal unterlief ihm jedoch ein folgenreiches Missgeschick, indem er die Flaschen vertauscht hatte, sodass eine Ladung Kognak beim Dirigenten landete. Nach dem letzen Applaus auf der Bühne umarmte und küsste der angeheiterte Maestro dauernd die Blumenfee, trug sie dann auf seinen Armen davon und wollte sie mit nach Hause nehmen.

Die Damen des Orchesters verbreiteten ein ständig sehr beunruhigendes Gefühl. Besonders Vanessa Trickler, eine reizende Brünette, erfreute sich während der Vorstellung zunehmendem Interesse mehrerer Orchesterherren. Sie blies brillant die Querflöte und verschwand während ihrer Flötenpausen mit dem Ersten Trompeter durch die Kellertür des Orchesters und kam zu ihrem Einsatz völlig aufgelöst zurück. Ihre Querflöte brachte sie wieder mit. Der Erste Trompeter hatte sich von dem Zweiten Trompeter vertreten lassen. Der Fagottist, Herr Alexander Hasentreter, wollte in einer gemeinsamen Bläserpause das Zusammenspiel von Querflöte und Fagott probieren, was ihm jedoch nur einmal gelang, da sie beim zweiten Mal die Querflöte mit sich hatte, er aber sein Fagott vergaß. Mangelnde Pausen beklagten die Streicher wie Geiger, Bratscher und Cellisten. In ihren knappen Notenpausen malten sie sich lustige Männeken auf die Noten. Der Erste Klarinettist bestellte sogar einen seiner Schüler hinter die Bühne, um ihm Unterricht zu erteilen, sodass er quasi als Doppelverdiener auftrat. Unter dem nennenswerten Vorsatz, diesem Schüler den richtigen Anreiz zu geben, ließ er ihn an seiner Stelle einige Passagen im Orchester mitspielen. Der Erste Trompeter versuchte es ebenfalls, nur drang der Übungslärm dann bis zum Publikum im Zuschauerraum. Was dazu führte, dass er vom Dirigenten eine Abmahnung bekam.

Der Dirigent des Orchesters, Generalmusikdirektor Herr Adam Flammers, ein sehr sportlicher Mann, verbesserte seine Fitness mit dem Expander, den er jeden Morgen und Abend kräftig zog, und mit ausgiebigen Waldläufen im nahe gelegenen Forst. Seine Armbewegungen, das Einknicken der Knie und die Seitwärtsbewegungen beim Dirigieren mussten stets flüssig und locker daherkommen. Eine Oper von sechs Stunden Dauer verlangte ausreichende Kondition. Seine familiären Aufgaben hielten sich in Grenzen. Um nicht ganz aus dieser Übung zu kommen und damit sein Training etwas zu verbinden, schwang er seine neugeborene Tochter öfter auf seinen Dirigentenarmen. Mit dem Ergebnis, dass die Kleine dann in einen doppelten Überschlag geriet. Nur die geistesgegenwärtige Oma konnte das Baby noch auffangen. Seitdem konzentriert sich Adam Flammers ausschließlich auf seine Arbeit im Orchester. Durch sein regelmäßiges Konditionstraining erlitt er an der linken Schulter einen Bänderriss, der ihm den linken Arm fast lahm legte. Die Auswirkungen auf den Klang des Orchesters durch sein behindertes Dirigat waren enorm. Mit dem Schwingen seiner rechten Hand (Stabhand) erhöhte das Orchester – die Kontrabässe, Cellis und Bläser – den Klang überdimensional, während er mit der fast unbewegten linken Hand bei den Geigern und Holzbläsern kaum einen Ton hervorbrachte. Die Gesangssolisten und der Chor, äußerst irritiert, klangen noch schräger als sonst. Wagner wurde noch unverständlicher, und die Mozartopern gerieten zu panischen Aufführungen. Völlig überraschend danach für alle die Kritiken. Sie überschlugen sich in Lobeshymnen in Presse, Fernsehen und Radio über die völlig neue Interpretation der Werke. Es hagelte Preise und Ehrungen. So erhielt das Orchester die Goldene Eiche für seine bodenständige Ausdruckskraft. Für das Gesamtwerk der Interpretationen folgten das Bundesverdienstkreuz am bunten Wimpel und die Gelbe Rübe für die gelungenste Fernsehaufnahme. Der Dirigent erhielt obendrein noch den Goldenen Schuh für seine furchtlosen Auftritte. Generalmusikdirektor Adam Flammers achtete nun sehr pedantisch darauf, dass sein Bänderriss auch weiterhin einer blieb.

Die Erfolge des Orchesters sprachen sich im Ausland herum, und es hagelte Gastspielangebote in vielen Ländern. Ungeahnte Möglichkeiten taten sich für alle auf. Um einen Überblick und eine regelrechte Organisation für die Notenpausen zu schaffen, beschlossen die Orchestermitglieder nun einen Verein zu gründen – und zwar „Orchesterfreiheit e. V.". Den Vorsitz übernahm der Triangelspieler Fabian Gutknecht. Sämtliche Musiker des Orchesters wurden Mitglieder, allein der Dirigent sperrte sich. Das Statut sah lediglich vor, die Freizeit während der Opernaufführungen und Orchesterproben zu organisieren und zu nutzen. Vanessa Trickler, inzwischen zur Zweiten Vorsitzenden gewählt, erhoffte sich im Ausland größere Erfolge mit ihrer Querflöte. Die restlichen Vorstandsposten erhielten die Streicher und eine Kontrabassistin. Der Fagottist Alexander Hasentreter wollte unbedingt mit in den Vorstand, er wurde jedoch als zu unzuverlässig – von der Querflötistin begründet – abgelehnt. Sie dachte dabei an sein vergessenes Fagott.

Die ersten Einsätze im Ausland konnte das Orchester als Riesenerfolg verbuchen, nur der Verein kam mit Schwierigkeiten über die erste Hürde. Der Einkauf verlief nicht optimal, da die Sprache des Landes sich als hinderlich darstellte. Sie saßen bei ihren Sonderkonzerten nicht mehr im Keller, sondern auf der Bühne, also ein weiteres Handicap, den Verein wirksam werden zu lassen. Ein Dolmetscher musste her, desgleichen ein verdeckter Einkäufer. Der Vorsitzende, Herr Gutknecht, hatte wichtigere Aufgaben zu lösen, auch seine Körpergröße überragte die anderen Musiker – vor allem beim Sitzen. Die Freizeitpläne aus den Noten für jede Stimme stellte erst er zusammen und danach jedes Mal ein neuer Ermittler und Einkäufer. Nach langem Hin und Her kam nur einer infrage, der die Einkäufe aufnahm, durchführte und wieder ausgab. Die Entscheidung traf den Notenwart, Herrn Uwe Wittlich, der nur 1,42 Meter Körpergröße maß und ohne Sicht auf Knien die Reihen während des Konzertes durchstreifen konnte. Währenddessen lernte er noch die wichtigsten Vokabeln der jeweiligen Landessprache und avancierte zum unentbehrlichsten Mann im Orchester. Alles klappte hervorragend, nur die Instrumentenschüler der einzelnen Orchestermitglieder konnten im Ausland nicht unterrichtet werden und auch während des Konzertes ihre Lehrer nicht unterstützen. Das zusätzliche Unterrichtsgeld fiel weg, und einige Musiker konnten ihr zweites Leben nicht bestreiten und ausleben. Vanessa Trickler hatte die kurzen Abstecher während der Notenpausen hinter der Bühne satt, und sie hielt ernsthaft Ausschau nach etwas Festem. Seit zwei Jahren reiste dem Konzertbetrieb ein alter Japaner hinterher. Er starrte Vanessa immer ungebührlich an und machte ständig so komische Hüftbewegungen, die ihr wohlbekannt vorkamen. Einmal stellte sie den alten Herrn in einer größeren Pause zur Rede. Er machte ihr sofort einen Heiratsantrag, und da sie sich vorher schon über seine finanziellen Mittel erkundigt hatte, stimmte sie sofort zu und heiratete ihn nach dem Konzert.

Ein Zwischenfall ist doch noch während eines Konzertes passiert, bei der Kontrabassistin Milena Jurkowitsch setzten während eines Konzertes – allerdings wieder im Keller – die Wehen ein. Bei ihrer strammen Figur bemerkte keiner der Musiker etwas von ihrer Schwangerschaft, nur der Dirigent wusste Bescheid. Das kurz danach Neugeborene passte mit seinem Geschrei vortrefflich zur Aufführung einer Wagneroper aus dem Nibelungenzyklus.

WOHNUNGSSUCHE IN DER GROSSSTADT

Nachdem alle noch bewohnbaren Plattenbauten abgerissen waren und viele Menschen in den Speckgürtel von Berlin zogen, stellte sich bald wieder eine Rückwärtsbewegung aus dem Speckgürtel und dem weiteren Umfeld ein. Die noch verfügbaren Wohnungen wurden knapp, und die Mietpreise schossen dank der Marktwirtschaft (Wechselspiel von Angebot und Nachfrage) in die Höhe. Der Senat reagierte wie üblich hilflos und brach dann in eine hektische Betriebsamkeit aus im Glauben, irgendetwas versäumt zu haben und dieses nachholen zu müssen. Vor Jahren schon waren alle kommunalen Sozialwohnungen „vorausschauend" an private Anbieter verkauft worden, die jetzt ihr Schnäppchen sahen und die Mietpreise von Tag zu Tag rapide in die Höhe trieben. Die zuständigen Amtsträger arbeiteten dabei an diesem Problem, entweder die Mieten zu deckeln oder den Wohnungsbau voranzutreiben, weiter mit sehr ruhiger Hand. Halsstarrig widerstanden sie der Politik, die immer wieder mit dem wählenden Postenerhalt in Hahnenkämpfe verstrickt, den Beamten ihren ruhigen Lauf ließen.

Mein Freund Karli, der nach wie vor bei seinen Eltern wohnte, fand es nicht mehr schick, den längeren Reden, Wünschen und gelegentlichen Verboten seiner Erzeuger zu lauschen und das alles zu befolgen. Kurzerhand verkündete er eines Tages, ausziehen zu wollen und der elterlichen Fürsorge zu entwischen. Er versuchte bei einer passenden Wohngemeinschaft seine Füße unter deren Tisch zu stecken. Bei mir konnte er nicht landen, denn ich wohnte noch bei den Alten, die mich rundherum bedienten und mir keinerlei Anlass boten, daran etwas zu ändern.

Also schaltete er das Internet in die Suche nach einer passenden Wohngemeinschaft ein und klapperte diese systematisch ab. Nach einem Jahr intensiver Suche und diversen Vorstellungen bei den einzelnen Gemeinschaften passte ihm alles nicht so richtig. In der einen Wohngemeinschaft schauten zu wenig hübsche Miezen aus den Zimmern, bei den nächsten gefielen ihm die zu leistenden finanziellen Beiträge nicht, und die restlichen verfügten über schlecht geputzte Schuhe oder eine verkeimte Dusche und ein stark riechendes Klo. Karli fiel es daraufhin ein, sich selbst um eine eigene Wohnung zu bemühen. Er studierte die Zeitungsanzeigen und rannte zu jedem Treff, den verschiedene Makler als Besichtigung anboten.

Beim ersten Besichtigungstermin fand sich Karli am unteren Ende einer Menschenschlange von dreißig Personen auf einer Treppe wieder. Nach drei Stunden endlosen Wartens stand er vor der Wohnungstür und einem unfreundlichen Makler. Er sah sich die Wohnung unter Vorbehalt an und ließ sich in die Liste eintragen, auf der schon zwanzig Namen von Leuten standen, die sämtlich diese Wohnung haben wollten. Ein Name stand da, dessen Träger es sich noch überlegen wollte. Karli ging betreten nach Hause und meinte, dass die Wohnung seiner Eltern soo schlecht gar nicht sei. Er ließ jedoch nicht locker und vereinbarte mit Herrn Kronenfeld noch weitere zehn Besichtigungstermine. Es lief immer das gleiche Prozedere bei den Besichtigungen ab. Ausgenommen Wohnungen wie Suiten mit Dachgarten und totaler Stadtansicht, die nur sehr wenig Bewerber nachwiesen. Dort gab es eine detailgetreue Besichtigung mit allen möglichen und unmöglichen Angaben. Diese Wohnungen lagen außerhalb der Bezahlbarkeit normaler Verdiener. Bei denen wäre nach vierundzwanzig Monaten Miete auch eine Eigentumswohnung bezahlt.

Der Zeitverlust, den Karli bei diesen ständigen Besichtigungen erlitt, ließ ihn sein Studium der Rechtswissenschaften hinwerfen. Er hinkte in allen Prüfungen weit hinterher. Nun, da er Zeit nach dem Studiumende gewann und die Eltern ihn weiter versorgten, ging er den Ursachen dieser Wohnungsmisere nach. Schnell erkannte er, dass hier der Senat schuldig zu machen sei. Die bereits ausgebrochene Hektik bei den Beamten (wenn man weiß, wie Beamte ticken) erklärte ihm dieses. Er ging zum Bauverantwortlichen des Senats, Herrn Dr. Knoblich, der momentan von einem Herrn Weißmüller vertreten wurde. Herr Dr. Knoblich befand sich auf einer längeren Dienstreise in Afrika, um dort die Bauvorhaben und deren Technik beim Wohnungsaufbau im Urwald zu studieren. Karli kam mit dem Vertreter nicht gut voran, und er erfuhr, dass bald eine Bauberatung mit allen teilnehmenden Senatsverantwortlichen sowie dem Beamtenapparat stattfinden sollte, wo man über das Wohnungsbauproblem in der Hauptstadt beraten würde. Karli ging zu dieser Beratung einfach hin, es fiel auch gar nicht auf, dass er nicht dazugehörte. Ein unerhörter, nicht enden wollender Streit entbrannte über das Für und Wider des Bauens oder Nicht-Bauens – und wenn ja, wer bezahlte den ganzen Ramsch?

Karli stellte ein gut durchdachtes, zwingendes Konzept über einen schnellen und ausreichend finanzierten sozialen Wohnungsbau in der Hauptstadt vor. Ein jeder spendete Beifall, und ohne weitere Debatte nahmen alle Teilnehmer dieses Konzept an. Ja, selbst die Beamten, da sie weniger Arbeit für sich befürchteten. Dr. Knoblich, der in Afrika weilte, musste dieses Konzept unterschreiben, weil es sonst nicht wirksam wurde.

Eine Kommunikation mit Dr. Knoblich (da noch kein Internet im Busch) gestaltete sich sehr schwierig. Nach langem Suchen fand man in einem Asylbewerberheim endlich einen Afrikaner, der die Trommelkommunikation beherrschte und bis zur nächstgelegenen Großstadt seine Signale über ein Telefon nach Afrika senden konnte. Von dort aus ergriffen dann verwandte Buschmänner diese Botschaft und trommelten sie bis zu Dr. Knoblich. Handys funktionierten im Busch nicht, da es keine Anbieter für ein Funknetz gab. Nach einigen Nachfragen zwischen Herrn Dr. Knoblich und dem Senat gab es schließlich die verbindliche Zusage von Dr. Knoblich zum sozialen Wohnungsbauprojekt.

Karli arbeitete unbemerkt als Abteilungsleiter in der Baubehörde und trieb den Wohnungsbau zielstrebig voran. Eigentlich wollte er nur eine bezahlbare Wohnung, aber er wohnte noch immer bei den Eltern und erhielt inzwischen unbemerkt ein stattliches Gehalt vom Senat. Inzwischen legte der Bauherr den Grundstein für die ersten vierhundert Wohnungen auf einem Freigelände außerhalb der Stadt (früher als Weide für Kühe genutzt). Zu dieser Grundsteinlegung erschienen alle am Baugeschehen Nichtbeteiligten. Etwa zwanzig Damen und Herren des Senats bekamen je einen eigenen Hammer in die Hand gedrückt, mit dem sie auf die eigens für diesen Zweck errichtete Mauer schlagen konnten.

Gemeinsam riefen sie: „Gott segne dieses Haus", wobei die Stimme des Oberbürgermeisters einen krähenden Unterton abgab und das Ganze etwas misstönend klang.

Einer rief weiter: „Ich ziehe da nicht raus!", wobei er ganz schnell und verschämt den Hammer zur Seite legte.

Karli überlegte indessen ernsthaft, aufs Dorf zu ziehen, da nach dieser Hammerattacke auf die errichtete Mauer nichts weiter passierte. Er fand es schön kuschelig im Senatsbüro, und so verzichtete er schweren Herzens auf eine eigene Mietwohnung.

Herr Dr. Knoblich kehrte nach seiner zweijährigen Erkundungsreise aus Afrika voller Tatendrang zurück. Er konnte jetzt genau berichten, wie strohgedeckte Rundhütten aufgebaut werden. Ebenso, aus welchem einheimischen Material und in welcher Zeit für wieviel Bewohner. Völlig überraschte ihn, dass alles kostenlos errichtet wurde und die Bewohner dieser Eigentumshütten bloß mitarbeiten mussten. Einfach fantastisch. Nun suchte er einheimisches und obendrein kostenloses Material im Lande. Nach mehreren Jahren der Suche in allen Bundesländern fand er tatsächlich noch eine alte Frau, die auf dem Feld Ähren las, was er aus der Zeit nach 1945 öfter erfahren konnte. Das Stroh – als absolut kostenloses Material gewonnen – diente der Frau nur als Trinkhalme für ihre Enkel.

Inzwischen wurde Dr. Knoblich wegen seiner außerordentlichen Erfahrungen, die er jahrelang in Afrika im Baugeschehen gewonnen hatte,
Staatssekretär beim Finanzsenator.

SPRÜCHEKLOPFER

Eines Abends saß ich relativ zufrieden in meinem bequemen Sessel und wollte mir ein Buch zumuten. Ich überlegte noch, in welches Regal ich greifen sollte und ob gezielt oder unvermittelt, als meine Ehefrau hereinstürzte und rief: „Wir sollten endlich mal was machen!"

„Was willst du mir damit sagen?", stellte ich die unvermeidliche Frage.

„Wir sollten endlich mal was machen", wiederholte sie.

Im Radio hörte ich vor langer Zeit eine Rede im Bundestag, die mir sofort einfiel. Sie stammte von einem berühmten Politiker, der ständig hervorragende Sprüche ablassen konnte, so zum Beispiel: „Ich sagge es und das mit allem Nachdruck und bin davon fest überzeugt."

Hier jedoch folgte nichts weiter. Was wollte der gut bezahlte Dicke damit sagen?

Vielleicht wollte er mit seinem nächsten Spruch ergänzen: „Entscheidend ist, was hinten rauskommt", aber das kam dann nicht mehr. Kein Mensch, soweit ich weiß, äußerte sich dazu, weder zu diesem Zeitpunkt noch später. Ein gelinder Schreck durchzuckte mich. Diese Worte staken fest verankert im hintersten Kästchen meiner Gedanken, ausgelöst durch meine Ehefrau mit ihrem Spruch: „Wir sollten endlich mal was machen."

Das musste geklärt werden. Nach langem Überlegen berief ich den Familienrat und den erweiterten Freundeskreis ein, sodass wir – 65 Personen insgesamt – über diesen rätselhaften Ausspruch reden konnten. Wir trafen uns im „Goldenen Anker". Alle Eingeladenen trafen pünktlich ein, nur Tante Mielchen fehlte, sie kurierte ihre Halsentzündung aus und konnte deshalb keinen Ton herausbringen.

Den Satz: „Ich sagge es mit allem Nachdruck und bin davon fest überzeugt", warf ich in den Raum. Mein Nachbar, der Herr Grasinski und obendrein ein Kommunalpolitiker, meinte, dass der Redner bestimmt was nachdrucken wollte. Vielleicht suchte der Mann eine Druckerei, von der er fest überzeugt wäre, und der Satz könnte noch weitergehen. Doch was wollte er nachdrucken – ein Gesetz oder einfach nur die Speisekarte aus der Bundestagskantine?

Meine Mutter, die schon die Achtzig überschritten hatte, bemerkte, er wollte etwas Überzeugendes sagen und wusste zum Schluss nicht mehr, was es war. Tante Mielchen, der ich den Text zugeschickt hatte, antwortete mit einem Fahrradkurier, dass „sagge" wohl ein Fremdwort sei und sie nichts damit anfangen konnte.

Sicher, man könnte den Satz ebenfalls umdrehen: „Ich bin fest davon überzeugt und sagge es mit allem Nachdruck." Dieser Wortlaut käme der Druckerei oder den Druckerzeugnissen schon näher – nur was soll alles nachgedruckt werden?

Die Debatten gingen bis spät in die Nacht hinein, bis der Wirt uns hinausfegte, und nur er kam zur Erkenntnis, einen guten Umsatz gemacht zu haben.

Unzufrieden trabte ich nach Hause und konnte keinen Schlaf finden. Vielleicht gab es einen Zusammenhang zu einem von ihm später rausposaunten Satz: „Entscheidend ist, was hinten rauskommt." Ja, dann bekäme das Ganze auch einen Sinn. „Ich sagge es mit allem Nachdruck und bin fest davon überzeugt, entscheidend ist, was hinten rauskommt."

Eigentlich wäre das wortsinnig eklig. So ein großer fetter Mensch, ein entscheidender Politiker wird nicht über seine geheimsten Gänge zu Hause oder in den Sitzungspausen solch eine Aussage tätigen, es sei denn, er meint etwas völlig anderes. Im Nebenhaus wohnt ein Bundestagsabgeordneter, mit dem ich, falls er nicht irgendwo Reden hält, in der Eckkneipe ein Bierchen trinke. Er würde im Bundestag eine Anfrage darüber einbringen, was mit den bedeutenden Aussagen jenes Spitzenpolitikers gemeint sei. Schließlich bestehe ein Recht des Volkes, solche Aussagen zu verstehen.

Vier Wochen fand darüber eine hitzige Debatte im Bundestag statt. Er, der schon lange das Spitzenplätzchen im Parlament mit dem Ruhepolster in Oggersheim getauscht hatte, verwirrte mit seinen Sprüchen immer noch die Politik. Was sollte der Spruch: „Ich sagge es mit allem Nachdruck und bin fest davon überzeugt", heute noch aussagen? Der Fraktionsvorsitzende der CDU meinte daraufhin, dass der Chef die Energiewende schon damals ins Visier nahm.

„Euer Chef war schon damals bar jeder Vision, und seine Überlegungen reichten gerade mal vom Heimweg bis zum Bundestag", konterte der Grünen-Chef und ging mit Fäusten auf den CDU-ler los.

Bald wäre es zu einer allgemeinen Keilerei im Bundestag gekommen, allein das angesagte Wasserwerferkommando konnte diesen Streit ersticken. Es konnte nicht geklärt werden, wann und wo dieser Ausspruch stattgefunden hatte, da ständig und bei jeder Gelegenheit noch schlimmere Sprechblasen in seinen Reden platzten.

Der Bundestagsabgeordnete Herr Fladenrock besuchte mich direkt zu Hause und erklärte mir traurig das Ergebnis. Sein Kommentar lautete allerdings, wenn er das selbstzufriedene und überhebliche Gesicht des Übermenschen bei solchen Sprüchen einschätzte, dann konnte dies nur die Folge seiner Überzeugung über blühende Landschaften sein.

Nach Jahren gab es tatsächlich in Deutschland nur noch blühende Landschaften. Ganze Landstriche blühten in strahlendem Gelb, und grüne Stauden streckten sich hoffnungsvoll gen Himmel. Deren Produkte verschwanden dann als Sprit in den Autotanks und in den Biogasanlagen, sie erzeugten viele neue Arbeitsplätze sowie vergiftete Böden.

Meine liebe Ehefrau, die das unsinnige Treiben mit verfolgte, meinte im Hinblick auch auf ihren Spruch: „Du siehst, was Visionen vermögen.“

NACHHALTIGES ABER TEUER

Bei einem meiner Spaziergänge durch die Stadt fielen mir herrliche Bauten in wunderschönen Anlagen auf. An Einfamilienhäusern mit protzigen Säulen, die den Eingang stabiler aussehen ließen, an Villen mit viel Stuck an den Fassaden und an prächtigen hohen Plattenbauten vorbei, denen man die Platten nicht ansah, da eine dicke Isolierung alles verdeckte. Meine Gedanken verirrten sich dabei zu Jahrhundertbauwerken. Jeder kleine und große Politiker, der über Steuergelder verfügte, bediente sich, um bei der Nachwelt Bewunderung zu ernten. Manchmal gerieten diese Bauwerke unter den Abriss der Nachwelt, sie verursachten so weitere Steuermittel des nächsten Selbstdarstellers. Große oder kleine Könige und Fürsten schufen Schlösser, die später an reiche Privatbesitzer übergingen oder Museum wurden. Wobei „schufen" immer das falsche Wort ist – sie ließen ihre Untertanen schuften.

Die letzten beiden deutschen Politikkonkurrenten, der kleine Erich und der große dicke Helmut, meinten gar, die nächste Nachwelt mit etwas Monumentalem zu erschüttern. Der kleine Erich baute für sein Volk einen kleinen Palast an historischer Stelle, und der Dicke schwor auf seine platten Reden, die jeden Komiker begeisterten. Der Palast des kleinen Erich hinterließ nach seinem Tode eine grüne Wiese. Die Sprüche des Dicken überstanden noch einige Runden, solange bis die alten Komiker starben, die Memoarien überließ man alsbald dem Reißwolf. Ich warf meine Mütze in die Höhe und vergoss für beide reichlich Tränen.

Die Gegenwart verlor weiterhin nichts von den Geisteshaltungen der an Geld kommenden Regierenden. Dem Volk wird zuerst etwas eingeredet, dann blindlings drauflos gebaut. Opernhäuser, Bahnhöfe und sogar einen überdimensionierten Flughafen. Einen besonderen Hafen ohne Wasseranschluss, der auf einer riesigen Fläche ein fröhliches und ruhendes Dasein verbrachte, mit leer stehenden Hallen und Türmen einfach nur monumental und mächtig beeindruckend.

Einen Flugplatz, der nach vielen Jahren wilder Arbeit Hunderter Firmen mit einer wahrhaft unnachahmlichen Eröffnungsfeier seine Krönung fand. Die Nichtbeteiligten hielten große Reden und Lobeshymnen auf die Schöpfer dieses einmaligen Wunderwerkes der modernen Technik.

Der Oberbürgermeister stand neben dem Minister und krähte alles, was er gerade zu sagen meinte, frei heraus: „In alle Welt geht es von hier aus, kein noch so weites und kleines Land wird ausgelassen, und ja, die Abfertigung der Passagiere eine Minutensache und die Zufahrt mit raketenschnellen Verkehrsmitteln direkt bis zum Flugzeug."

Eine riesige Sektflasche hing an einem extra dafür aufgestellten Mast, nur um die Einweihung würdig zu begehen. Vertreter aus vieler Herren Länder – sogar aus Afrika, Indien und China – klatschten brav in die Hände.

In unmittelbarer Nähe zum Redner stand mein Freund Hanshardi Schlesog mit seinem fünfjährigen Sohn, der ebenfalls in seine Händchen klatschte und freudig rief: „Wo sind denn die Flieger?"

Der Großredner, der schon zur Sektflasche gegriffen hatte, bemerkte nach diesem Ausruf vom kleinen Georg, dass er selber nicht wusste, worauf er die Flasche werfen sollte. Hunderte Menschen, die eifrig ausharrten, schauten sich suchend um, sahen aber nur Fläche und Gebäude und folgten lauthals dem Ruf des Kleinen. Die vielen ausländischen Gäste verstanden hingegen nicht, was da gerufen wurde, sie ließen ihre Übersetzer reden und stimmten in ihrer Sprache in den Ruf „Wo sind denn die Flieger?" ein. Der Flaschenwerfer setzte diese kurzerhand an den Mund und nuckelte sie langsam aus, wobei er überlegte, was nun zu tun sei.

Als fixer Politikredner rief er: „Wir werden eine Untersuchung einleiten!", dann erinnerte er an die Schildbürger, die allerdings nur die Fenster im Rathaus vergaßen und das Licht schließlich mit Säcken ins Rathaus trugen.

„Ihr seht, alles geht, unsere Gebäude und Türme sind mit großen Fenstern bestückt, und die paar Flieger werden schon noch kommen", fügte er euphorisch hinzu.

Er konnte jedoch nicht verhindern, dass der Skandal das ganze Land erfasste. Eine Kommission mit einigen hundert Experten untersuchte und fand nicht nur die fehlenden Flugzeuge. Sie fanden nach Monaten heraus, dass die Flugzeuge wegen bürokratisch erfundener Mängel nicht vor den Hallen parken durften. Die Passagiere fanden keine Duschköpfe, die eventuell auftretende Feuer löschten. Wegen dieser paar zusätzlicher Milliarden für die wenigen Mängel solle sich der Steuerzahler nicht so haben, wiegelte er als Oberbürgermeister und Vorsitzender des Aufsichtsrates ab.

Ein besonderer Experte, der Versager Edmund Gangelhofer, konnte gewonnen werden, die Kiste aus dem Feuer zu reißen und die Flugzeuge zum Abflug zu zwingen. Der Gute krempelte seine faltenreichen Arme frei, klopfte seine üblichen großen Sprüche los und entließ die Fachleute. Wortreich erklärte er, dass sein Bruder während seines Hausbaus die Toilette und den Küchenherd vergaß. Neben dem Haus besorgte er sich eine Pachttoilette und bestellte Essen auf Rädern, so konnte er sogar auf die Reinigung der Toilette, den Einkauf und das Kochen verzichten. Also sei der Flughafenbau gar kein Problem für ihn.

Er stellte einen Mängelplan auf und ging damit zum Vorstandsvorsitzenden. Der kam geradewegs von einer Partie, und seine knappe Zeit ließ keinen Spielraum für diese blöde Liste, die obendrein noch unendlich lang und damit langweilig war. Das kurze Beispiel mit dem Hausbau des Bruders von Gangelhofer kam dem Herrn schon mehr entgegen. Inzwischen wechselte der Vorstand mehrfach, und am Ende war der alte auch der neue Vorsitzende. So löst man schnell Probleme, denn doof bleibt doof, da geht nichts dazwischen.

Der Vorsitzende sah nun doch die Mängelliste durch, packte Edmund am Kragen, schüttelte ihn durch und schrie nach den verschwendeten Millionen. Mehr konnte er nicht erkennen, wenn er die Rechnungen und damit die verschwundenen Millionen sah. Damit ging Gangelhofer zum Bundesminister, der ihm einen echten irischen Whisky anbot.

„Ich habe Ihre Mängelliste gewissenhaft gelesen und ein erschütterndes Ausmaß von Verantwortungslosigkeit festgestellt. Wie können Sie es wagen, einen solch dummen Plan aufzustellen! Denken Sie, wir sind alles Laien, die in jahrelanger Planung und Arbeit nur Mist gebaut haben? Kein einziges Wörtchen des Lobes verloren Sie an die fleißigen Arbeitenden. Ja, wie soll ich das der Bevölkerung im Lande erklären!“ Schluchzend fiel der Minister dem Edmund Gangelhofer um den Hals und konnte sich trotz dessen tröstender Streicheleinheiten nicht beruhigen.

„Ich werde alles tun, um die Flugzeuge auf Kurs zu bringen“, versprach Gangelhofer und hob dabei drei Finger der rechten Hand.

Der Minister strebte ein Abwahlverfahren des Oberbürgermeisters an, mit dem Ziel, dass dieser gewissenhafter als Vorsitzender des Aufsichtsrates arbeiten konnte. Dem einst hochgelobten Experten Gangelhofer kürzte man das Gehalt und verpflichtete ihn zum Flughafenerfolg. Er musste nun das Fünfsternehotel verlassen und konnte nur noch zu seinem Bruder in das vermurkste Haus ziehen. Er absolvierte einen Jahreslehrgang für verfehltes Management und weiterer überheblicher Sprüche. Gangelhofer gab trotz allem nicht auf, er brachte sogar ein Flugzeug auf eine Nebenpiste, das aber nicht abhob. Dann schloss er sich in die kleinste Bude ein und überlegte, was er noch anstellen konnte.

Nach Wochen kam ihm die Erleuchtung: „Ich werde den anderen, bereits geschlossenen Flughafen wiederbeleben und einen noch bestehenden alten Flughafen um eine Piste erweitern!“

Damit fand er nur noch Gegner, die ihn am Ende jagten und in der Außentoilette seines Bruders verhafteten. Er erhielt mit einer Fußfessel Freigang, den er erfolgreich zur Flucht nutzte. In seinem Privatflugzeug konnte er sich unerkannt auf die Malediven retten. Als der geborene Manager wird er sich selbstverständlich als Geschäftsführer beim neuen Stuttgarter Bahnhof bewerben. Inzwischen konnte der noch nicht fertiggestellte große Flughafen der Natur wieder zurückgegeben werden.

EIN HERVORRAGENDER GROSSSTADTSENAT

Die deutsche Hauptstadt, das einwohnerreiche Berlin, gesegnet mit einem wunderbaren Senat und einem fantastischen Oberbürgermeister. Jede Stadt in Deutschland, ja sogar die EU, beneidete uns um diesen Edelstein. Ganz bürgernah, auf jeder größeren Partie zu finden, um den Bürger zu erleben und der Bürger seinen Oberbürgermeister. Gerne würden wir die Neider zufriedenstellen. Er regiert die Stadt schon sehr, sehr lange – gar zu lange – so beliebt ist er. Geschickt fand er ständig sehr unterschiedliche Parteien, um mit denen gemeinsam zu regieren, vielleicht meistens oder immer öfter zu reagieren. So zum Beispiel auf die maroden Brücken. Völlig überrascht stellte er fest, dass die Hälfte der Brücken verkehrsuntüchtig sei, also dass diese keine Autos mehr trugen.

„Was brauchen wir mehr Brücken als Venedig – einfach schließen, meine Bürger können darüber laufen und auf der anderen Seite weiterfahren. Ich habe als Pfadfinder beim Kanuwanderfahren das Kanu zum anderen Ende der Schleuse getragen, um dann weiterzupaddeln. Es geht alles", tönte er laut bei einer Senatssitzung, „für mehr ist kein Geld da. Berlin sitzt auf einem hohen Schuldenberg, über den ich nicht sehen kann. Diesen Berg schichtete mein Vorgänger, der Ebbi, mit seiner Pleitebank auf. (Mein Gott, solange bin ich schon Ober!) Der grub Berlin sogar das Wasser ab, das ich jetzt mit vielen Millionen (die ich nicht habe) für meine lieben Bürger zurückkaufte."

Die grüne Lunge um und in Berlin bekam in der Stadt dunkle Flecken. Allerorts schwarze Punkte, die schwebend sich überall niedersetzen und eingesogen werden. Die Berliner joggen zu viel und sind gierig nach Luft. Die Autos sind an der Verschmutzung Berlins nicht schuld, dafür zeigen sie eine schöne grüne Plakette an den Autoscheiben, was recht anregend und hübsch aussieht. Es gibt ihnen etwas Bodenständiges, Einmaliges. Falls das Auto verloren geht, steht immer noch das Autokennzeichen auf dem grünen Aufkleber. Andersfarbige Autoaufkleber dürfen in der Innenstadt keine Spazierfahrt unternehmen, sie verpesten die Luft. Nein, nicht der Scheibenaufkleber, sondern der Auspuff. Wichtig ist, was hinten rauskommt, weist ein toller Spruch, den der alte Kohl einst formulierte, darauf hin. Bei mir, am Außenfensterbrett meiner Wohnung, setzt sich immer eine Dreckschicht ab, verursacht vom nahe gelegenen sauberen Kraftwerk.

Völlig überrascht von diesem Zustand, wie auch nicht anders zu erwarten, ist der Senat. Na ja, wenigsten das Geld für den Autoaufkleber haben wir kassiert, denkt er beruhigt.

„Jetzt lassen wir uns von solchen Nichtigkeiten nicht mehr überraschen", schworen sich bei der nächsten Sitzung die Senatsmitglieder.

Zur Eröffnung der Badesaison der Berliner Bäderbetriebe gingen alle Damen und Herren des Senates baden. Als geeintes Team paddelten sie im Schwimmbecken.

Der Innensenator meinte: „Wenig Leute, da und dort fehlt eine Kachel", dabei zeigte er mit dem Finger hektisch um sich und ergänzte abschließend, „ja, und die Umwälzpumpe für die Schwimmwasserreinigung macht sehr viel Geräusche."

Die Wassertemperatur ließ hörbar seine Zähne klappern, doch ungeachtet dessen stammelte er lauthals: „Das ist gesund, so gesund." Dabei stellte er fest, dass ein Zahnarztbesuch fällig wäre. Seine Sekretärin musste unbedingt aktiv werden.

Inzwischen nahmen die Geräusche der Umwälzpumpe die Lautstärke eines größeren Rasenmähers an. Was den Oberbürgermeister nicht daran hinderte, am Beckenrand fröhliche Lieder zu singen. Mit dem Erfolg, dass eine Taube, die sich im Hallenraum des Bades verirrte, angstvoll neben der Senatorin für Jugend, Bildung und Wissenschaft sich klatschend entleerte. Der Justizsenator betrachtete dies als Aufforderung, nun endlich die Bäderbetriebe zu rekonstruieren. Nur der Finanzsenator wiegte zweifelhaft sein kahles Haupt und versuchte sich krampfhaft über Wasser zu halten.

Im Laufe der nächsten Sitzung beschlossen sie einhellig, einen Manager für die Berliner Bäderbetriebe einzusetzen. Den allerbesten der besten Manager fand man in einem Dänen, der schon ein anderes Spaßbad außerhalb Berlins in die schwarzen Zahlen führte. Ein Senator erinnerte sich, dass Dänemark das teuerste Land innerhalb Europa sei und die Verschuldung der privaten Haushalte einen Höchststand vorwies. Der dänische Manager kehrte gerade von einer Weltreise zurück, und diese Aufgabe versprach für ihn lukrativ zu werden, wenn er denn an die hohen Preise in Dänemark dachte. Sofort nahm ihn die Aufgabe in vollen Beschlag. Kurzerhand tat er das, was bereits ein Abiturient in seiner geringen politischen Bildung in der Schule lernte. Er erhöhte drastisch die Eintrittspreise. Die Besucherströme nahmen durch die Mittelständler, Beamten und anderen Besserverdiener zu und die der weniger Betuchten rasch ab. Das Personal konnte die fast gähnende Leere zu Glücks- und Unterhaltungsspielen maximal nutzen. Der Aufschrei der Sozialdenkenden erfolgte umgehend ohne Wirkung. Bald darauf forderte der Däne viele Millionen zum Bau neuer innovativer Bäder. Mit der Begründung, die neuen Bäder müssten zeitgemäß allen neuen Trends folgen. Beispielsweise eine ganztägige Verpflegung, Schlafräume für müde Manager und ein Kinosaal mit überwiegend gezeigten Pornofilmen. Kleine verschwiegene Appartements sind dann den privaten Massagen vorbehalten. Ihm schwebten noch eine ganztägige ärztliche Betreuung sowie ein Bestellservice für alle Waren von A wie Anzug bis Z wie Zuckerkringel vor. Für finanzschwache Schwimmer gäbe es dann verbilligte Zeiten, in denen die Elite nicht zu Wasser geht.

„Nur so können wir in die schwarzen Zahlen kommen!", tobte sich der Däne vor dem Innensenator aus.

Als naheliegende Maßnahme, um die Bäderbetriebe kostendeckend und sogar mit Gewinn zu betreiben, entließ der listige Däne das Fachpersonal und stellte Billiglöhner ein. Dies riss den Innensenator aus dem Sessel, er wollte den Dänen umarmen. Er rannte in dessen Büro, trat ihn gegen beide Schienbeine und biss sich aus Verzweiflung in den Zeigefinger der linken Hand. (Als Rechtshänder wäre er somit bürounfähig!) Er genas gerade, dank seiner umsichtigen Sekretärin, langsam von den Zahnschmerzen – und nun dieses schon wieder. Mit einem kolossalen Verband, den ihm die Vorzimmerdame anlegte, schlich er weinend auf sein Senatorensesselchen zu, um sich darinnen zu vergraben. Nachdem er sich ausgeweint hatte, ging er ins Büro des Oberbürgermeisters und warf er sich an dessen Brust. Der schloss ihn fest in die Arme, gab ihm dann eine Ohrfeige und meinte, er solle zum Arzt gehen, der Verband sehe ja fürchterlich aus.

Ein ungünstiger Zeitpunkt, denn der Stadtobere durfte gerade eine Abordnung des neu gegründeten Vereins „Kostenloses Baden für alle e. V." tröstend verabschieden: „Der Däne handelte schon richtig mit den getroffenen Maßnahmen."

Daraufhin besetzten die Mitglieder des Vereins die Kassen sämtlicher Bäder, zerrissen die Eintrittskarten und riefen obendrein die Bevölkerung auf, es ihnen gleichzutun. Der folgende Sturm auf die Badebecken legte diese bald trocken. Das Wasser schwappte über, und die Pumpen sorgten pausenlos für Nachschub, sodass die Straßen der nahegelegenen Bäder überfluteten. Der Innensenator rief den Notstand aus, da viele Menschen zu ertrinken drohten. Anschließend ließ er die Polizei ausrücken, die mit Pfefferspray und freundlichen Worten die Menschen vertreiben wollten. Leider gerieten die Ordnungshüter dabei selber in Wassernot und rannten um ihr Leben.

Dank der Freundlichkeit der Polizisten riefen die Besetzer eine Volksbefragung aus: „Weg mit dem Dänen und Freiheit für kostenloses Baden." Nach drei Monaten hatte die überwiegende Bevölkerungsmehrheit für den Aufruf des Vereins gestimmt. Der Senat ging darauf ein. Da die Mitglieder des Senats überwiegend wasserscheu waren, erhöhten sie nochmals die Preise und gaben dem Dänen eine Festeinstellung auf Lebenszeit. Der Finanzsenator meinte allerdings, am besten sei es, den Dänen nach Dänemark zu schicken und die Bäderbetriebe zu verkaufen.

NACHBARSCHAFTSHILFE IN RUSSLAND

Pawel Iwanow saß auf einer Bank vor seinem Haus. Dieses war ein bescheidenes Anwesen. Drei Zimmerchen mit Küche und unterm Dach eine kleine Kammer für Jekaterina, die in der nahen Stadt studierte. Zu einem kleinen Garten gehörten zwei Ställe mit einem Pferd, einer Kuh und vielen Hühnern und Enten. Er hatte zwei Nachbarn, die ebenfalls in einem kleinen Häuschen wohnten. Seine Nachbarin zur Linken war Elena Petrowna, eine Witwe, und zur Rechten Maxim Kowaljow, ein alter Weggefährte aus den ersten Nachkriegstagen des Großen Vaterländischen Krieges.

Pawel schob seine alte Schirmmütze ins Genick und begrüßte Elena Petrowna, die gerade vorbeikam.

„Wohin des Weges?", rief er ihr zu.

„Zum Einkaufen", rief sie zurück, „soll ich dir etwas mitbringen, Pawel?"

Der schüttelte den Kopf und betrachtete wohlgefällig die properen Rundungen der Witwe. „Ja, das wäre noch mal ein deftiger Happen", ging es ihm durch den Kopf und dachte dabei an seine Alte, die Mascha, die in der Küche wirtschaftete. Ein strammes Weib, mit der er zwei Kinder großgezogen hatte, die Jekaterina und den Aljoscha, der jetzt im Nachbardorf mit seiner Partnerin wohnte. Jekaterina, das Engelchen, studierte in der Stadt.

Pawel sah nun alle, die täglich an seiner Bank vorbeikommen konnten. Er steckte sich vergnügt ein Pfeifchen an und paffte große Wolken in die Luft. Dabei blickte er zufällig an sich hinunter und zuckte erschrocken zusammen. Schaute genauer hinab auf seine Beine. Tatsächlich, ein Wadenstrumpf saß tiefer als der andere. Er hatte, wie üblich nach dem Frühstück, beide Strümpfe über die Hosenbeine gezogen. Danach, wie immer, gewissenhaft die Hosenbeine kunstgerecht um die Waden gefaltet und darüber die Strümpfe gezogen. Jedoch der Wadenstrumpf am rechten Bein endete schon am Wadenansatz, während der Wadenstrumpf am linken Bein bis ordentlich kurz über das Knie reichte. Er zog täglich beide Strümpfe immer gleich an, und sie endeten exakt bis kurz vor dem Knie. So konnte es unmöglich sein, dass der eine Strumpf kürzer war als der andere. Pawel überlegte sehr lange und kam zu dem Schluss, dass ein Bein länger als das andere sein musste. Er stellte beide Beine nebeneinander, indem er sie ausstreckte, um deren Länge auszumessen. Dann stand er von seiner Bank auf, ging einige Schritte und setzte sich wieder. Ja, er hatte das Gefühl, das rechte Bein sei länger als das andere und zwar im gleichen Maße, wie der Strumpf kurz vor dem Knie enden sollte. Also musste es über Nacht gewachsen sein, das war die einzige Erklärung.

Entsetzt sprang er auf, rannte in die Küche und rief: „Mascha, Maschenka, schau mich genau an! Siehst du nicht, wie ich aussehe?"

Mascha betrachtete ihn aufmerksam vom Kopf bis zu den Füßen und meinte: „Du siehst aus wie immer, deine Haare sind struppig, das Hemd ist offen, du hast wieder deine alten speckigen Hosen an und ..."

„Halt ein, Mascha, schaue genau auf meine Beine, fällt dir nichts auf?"

„Was soll da schon sein? Du hast die Strümpfe nicht richtig angezogen, der eine Strumpf sitzt höher als der andere."

„Das sieht nur so aus, meine liebe Mascha, beide Strümpfe sind fest an- und hochgezogen. Nein, mein Täubchen, ein Bein ist über Nacht gewachsen und jetzt länger."

Erst schaute sie ganz verdutzt drein, dann schrie sie: „Pawel, du spinnst!", und fasste sich an den Kopf. Daraufhin machte er einige Schritte und deutete humpelnd an, dass er recht hatte mit seinem nun zu langen Bein.

Als Mascha sein Gehumpel sah, schrie sie abermals auf, nur jetzt klang der Schrei wie zustimmende Glaubwürdigkeit für Pavel: „Mein Gott, Pawljuscha, mein Herzensmann, welch ein Unglück! Was mache ich nur mit dir?"

„Wir müssen auf Jekaterina warten und ihr dieses mitteilen, Ja, und auch Aljoscha, das Söhnchen, muss es doch wissen und sehen, wie das Väterchen jetzt durch die Gegend humpelt."

Vielleicht konnte Pawel seine Arbeit gar nicht mehr tun. Er probierte vieles aus, was zu seinen Aufgaben gehörte. Auf den Pferdewagen mit einem zu langen Bein, das ging überhaupt nicht. Er kam zwar noch mühevoll auf den Kutschbock, doch das lange Bein hatte ausgestreckt keinen Platz mehr, wenn er sich mit seinen Füßen an das Gegenbrett stemmen musste, um das Pferdchen mit dem Zügel kräftig abzubremsen. Falls das Tier mit dem Wagen durchgehen wollte, konnte er es nicht mehr stoppen. Pawel konnte auch nicht mehr neben oder hinter dem Pflug hergehen, wenn er mit dem Pferdchen den Acker pflügen sollte. Mit diesem langen Bein könnte er nur in einer Richtung pflügen, in der Gegenrichtung fiel er dann immer in die Furche.

„Welch ein Unglück", jammerte Mascha immer wieder bei einem erfolglosen Arbeitsversuch von Pawel. Was er auch tat, sie musste ständig an seiner Seite bleiben. Ein Zustand, der ihr bald zuwider wurde, sodass sie die Arbeit ihres Mannes einfach ohne ihn bewältigte. Die Nachbarn sahen bald den humpelnden Pawel und meinten, dass ein Wunder über Nacht geschehen sein musste. Die Witwe Elena Petrowna sprach gar von einer Gottesfügung. Pawel könnte doch in das Kloster zum heiligen Nikolaus gehen, um dort Buße zu tun. Vielleicht würde dann auch das andere Bein nachwachsen, sodass Pawel mit zwei gleich langen Beinen seiner Arbeit nachgehen könnte. Nur wenn er erst einmal im Kloster sei, dann sind die anderen heiligen Brüder sicher nicht bereit, ihn wieder fortzulassen. Also verwarf sie diesen Gedanken wieder und hoffte im Stillen, dass Pavel – wenn er der Arbeit entsagen musste – vielleicht ab und an mal bei ihr vorbeischauen würde. Nur Kowaljow, der andere Nachbar, klopfte ihn nur augenzwinkernd auf die Schulter und dachte bei sich, dass Pawel schon immer ein bequemer Arbeiter war und die Beinverlängerung käme ihm jetzt in der Ernte gerade recht.

Das Töchterchen Jekaterina kam außerhalb der Ferien extra nach Hause und meinte, das Väterchen müsste in die Klinik, um irgendetwas an seinen unteren Gliedmaßen machen zu lassen. Sie sagte „untere Gliedmaße" und nicht „Beine", zumal sie ja in der Stadt studierte und eine andere Sicht auf den menschlichen Körper hatte. Aljoscha hingegen verspürte nicht den Drang, Pawel und seiner Mutter Mascha beistehen zu müssen. Er blieb auf seinem Dorf, da die Erntezeit angebrochen war und er sein Väterchen meinte zu kennen.

Pawel humpelte mit der Hilfe von Mascha über sein Anwesen, bis sie und die Nachbarn die Ernte einbrachten. So ging der Sommer dahin, und Pawel fühlte sich zunehmend besser und gewöhnte sich jetzt allmählich ein sein langes Bein. Jekaterina, sein Engelchen, forderte ihn bei jedem Ferienbesuch im Elternhaus immer wieder auf, in die Klinik zu fahren.

„Du siehst doch, mein Engelchen, dass ich nicht auf den Wagen steigen und schon gar nicht unser Pferdchen lenken kann. Ich bin da völlig hilflos", erklärte er ständig.

„Aber Väterchen, sieh mal, du sollst doch wieder normal arbeiten können und Mamachen die viele Arbeit abnehmen. Sie ist schon nicht mehr so rund wie früher, und das ist nicht gut", redete sie dann auf Pavel ein.

Er jedoch fühlte sich wohl und verspürte keine Lust, an seinem Zustand etwas zu ändern. Die anderen kamen auch ohne seine Mitarbeit aus. So konnte er den ganzen Tag vor seinem Häuschen sitzen, das Pfeifchen rauchen und den vorbeiziehenden Nachbarn gute Ratschläge für ihre Arbeit geben. Langsam wurde es Mascha leid, ständig auf Pawel einzureden, sich doch gründlich untersuchen zu lassen. Pawel indessen störte es herzlich wenig, dass er langsam aber sicher nicht an Weisheit, jedoch an Gewicht zunahm. Ein stattlicher Bauch wölbte sein Hemd, sodass die Knöpfe jetzt wirklich nicht mehr zugingen.

Dann rissen sowohl dem Engelchen bei einem Ferienbesuch als auch der Mascha der Geduldsfaden. Mit Hilfe des Nachbarn Maxim Kowaljow luden sie Pawel auf den kleinen Pferdewagen, spannten das Pferdchen ein und fuhren mit dem sich sträubenden und pausenlos redenden Pawel in die Stadt. Mühevoll zerrten sie den Widerstrebenden ins Krankenhaus. Sie schilderten dem Arzt die Krankheit von Pawel und erhielten dafür die Sicherheit, dass der Patient genauestens untersucht und das Bein vermessen wird. Pawel protestierte noch etwas, dann ergab er sich seinem Schicksal. Er bekam ein Bett zugewiesen und war froh, sich seiner letztmonatlichen Hauptbeschäftigung widmen zu können.

Nach drei Monaten Krankenhausaufenthalt, nach langen Vermessungsarbeiten an beiden Beinen und weiterer Untersuchungen des Magen- und Darmtraktes, der Leber und Nieren, des Herzens, der Lunge und des Kopfes – einfach aller weiteren Körperteile – stellten die Ärzte fest, dass Pawel, abgesehen von seinem Übergewicht, kerngesund sei. Ansonsten gab es noch eine kleine Einschränkung, nämlich dass ein Bein zwei Millimeter länger als das andere war und nicht etwa das rechte, sondern das linke Bein. Das Ganze bereits von Geburt an, ein späteres Wachstum schlossen die Ärzte aus. Es war nun das von Pawel vorgegebenen kürzere Bein, welches länger war. Pawel wusste nunmehr keine weitere Ausrede seiner Beinverlängerung, er hatte einfach nur den Strumpf einmal nach innen umgeschlagen, sodass er beim Anziehen kürzer war und damit das Bein von ihm als länger ausgegeben werden konnte. Pawel war entlarvt, er hatte sich nur eine Auszeit und das ausgerechnet während der Ernte genehmigt. Mascha spielte die tödlich Beleidigte, und die Nachbarn lachten über sie, wie sie ihrem Pawel so aufsitzen konnte. Aljoscha schüttelte bloß den Kopf und meinte, er habe es ja geahnt, was mit seinem Väterchen los sei. Seitdem sann Mascha auf Rache und Pawel auf Wiedergutmachung. Zwischen den beiden begann ein Wettstreit, wobei Jekaterina ihre Mutter je nach Zeit in ihrem Vorhaben unterstützte. Pawel schwänzelte um Mascha herum und wollte ihr überall helfen, doch sie lehnte alles ab.

„Er solle nur seine Arbeit machen", verkündete sie lautstark auch jedem, der es nicht hören wollte.

Pawel stand jetzt immer sehr früh auf, wo er doch während seines langen Beines erst zwei Stunden später aufgestanden war und dann sein Tagewerk mit dem Pfeifchen verbrachte. Nun rannte er los, um die Kuh zu melken, was sonst Maschas Arbeit war. Gerade das mit der Kuh fiel ihm besonders schwer, denn bei seiner Mutter stand nur eine Ziege im Stall, die bloß zwei Zitzen am Euter aufwies, während ihre Kuh mit vier Zitzen bestückt war. Für ihn deshalb eine schwere und doppelte Arbeit. Er bekam regelmäßig beim Melken einen Krampf in die Hände, den er sonst nur beim Pfeifchen stopfen aushalten musste. Das Pferdchen und die Kuh mussten täglich gefüttert und ausgemistet und der Acker bearbeitet werden. So stellte er sich die Eingliederung in sein neues Arbeitsleben beileibe nicht vor. Es fiel ihm schwer, sein Humpeln zu vergessen. Manchmal verfiel er in seine alte Gewohnheit, und dann hörte er Mascha, wie sie ihn murmelnd einen alten Heuchler und Betrüger nannte. Alle wollten plötzlich etwas von ihm. Jekaterina erzählte von ihrem Studium, wo er aufmerksam zuhören musste und sowieso nichts verstand. Aljoscha, das Söhnchen, erwartete, dass er sich um seinen Enkel kümmern sollte. Maxim Kowaljow verlangte gar, dass er – Pawel Iwanow – ihm mit seinem Pferd in der Ernte zur Hand ging.

Ein jeder schien sich gegen ihn verschworen zu haben. Nur Elena Petrowna, das Prachtweibchen, ließ keine Wünsche verlauten. Er wäre froh darüber gewesen, wenn sie zu der einen oder anderen Handreichung seine Kräfte genutzt hätte. Bei zufälligen Begegnungen und ganz unabsichtlichen Hinweisen, er könnte ihr ja mal bei der Ernte oder im Haus helfen, erntete er nur ihrerseits Unverständnis. Ja, sie ließ durch Blicke sogar erkennen, dass sie ihn für nicht zurechnungsfähig hielt. Diese Unterstellung verkraftete er besonders schwer und schwor in seinem tiefsten Inneren, sie nur noch mit einem kurzen Kopfnicken zu begrüßen. Mascha bemerkte sein verändertes Verhalten gegenüber der Nachbarin, ließ sich jedoch nichts anmerken. Sie lud sich bei ihr kurzerhand zu einem Kaffeeplausch ein, indem sie eines Tages vor deren Tür stand. Elena freute sich über den unverhofften Besuch, denn sie hatte gerade Kuchen gebacken und konnte so Mascha ordentlich bewirten. Mascha kam ganz zufällig auf ihren Mann, den Pawel, zu sprechen und wollte wissen, warum sie kaum noch miteinander redeten.

Elena druckste ein wenig herum, meinte dann verschämt: „Er macht immer so gewisse Andeutungen, dein Pawel, und ich bin doch eine ehrbare Witwe.“

Mascha gefiel die Aussage von der Witwe Elena Petrowna. Sie tauschten noch ein paar Rezepte aus, und dann verabschiedete sich Mascha mit dem Hinweis, sie öfter besuchen zu wollen.

„Na warte, Pawel, dich werde ich schon zähmen! Deine Heuchelei mit dem Bein muss ich dir heimzahlen!“, schwor sie sich ergrimmt.

Eine Woche später ging sie wieder zu Elena und nahm ein Fläschchen selbstgebrannten Wodka mit, nur so zum Aufwärmen. Sie gab vor, etwas

Mehl für ihre Pelmeni, die Pawel so gerne aß, borgen zu wollen. Vorsichtig tastete sie sich im Gespräch an Elena heran: „Du bist doch eine Frau, die zupacken kann und fest im Fleische steht. Also, was man so sagt, eine mannbare Frau. Ich denke, du bist nicht abgeneigt, meinen Pawel – das in allen Ehren – aus seiner männlichen Reserve zu locken", doch Elena verstand nicht, was ihre Nachbarin meinte.

„Nun, Elena Petrowna", redete Mascha inbeirrt weiter, „du musst meinem Mann eindeutige Angebote machen, dass er mit dir in deine Kammer geht", und zur weiteren Demonstration knickte sie in den Knien ein und machte eine fallende Bewegung nach hinten.

„Was soll denn das, Mascha Iwanowa? Ich bin doch keine solche!", rief Elena, dabei schnippte sie mit den Fingern, und eine deutliche Röte stieg ihr langsam bis zu den Haarwurzeln auf.

„Na, du sollst ja nicht mit Pawel – währenddessen komme ich zufällig dazu, um dich zu fragen, ob Pawel bei dir sei. Ja, ob er dir beim Melken der Kuh helfen will – und dann erwische ich euch beide."

„Nein, nein", sträubte sich Elena, „wozu das alles?"

Mascha erinnerte sie an das heuchlerische Verhalten von Pawel während der Ernte und sein Theater mit seinem angeblich zu langen Bein, wovon das ganze Dorf sprach.

„Ich will es ihm heimzahlen, indem ich ihn bei dir erwische, er muss dann vor mir niederfallen und Abbitte tun", erklärte sie, richtete sich stolz auf und schaute dabei Elena fest in die Augen.

Elena sträubte sich noch eine Weile, aber der Gedanke mit Pawel, einem kräftigen und freundliche Kerl, so mal ... gefiel ihr doch recht gut.

„Na ja, ich werde es versuchen", sagte sie dann zögernd zu.

Nach diesem Gespräch vergingen einige Tage, und Pawel bemerkte, dass seine Nachbarin ihre Unnahbarkeit lockerte. Ja sie sprach ihn sogar an, ob er nicht mal ihre Kuh melken könnte, denn sie habe sich an der Hand verletzt. Für Pawel kam ihre Bitte so überraschend, dass er gleich zu ihrem Stall rennen und sofort die Kuh melken wollte.

„Morgen nach dem Frühstück kannst du gerne antreten und die Milch aus dem Euter ziehen", versicherte Elena.

Pawel molk die Kuh so gründlich, dass kein Tropfen mehr im Euter blieb. Er vergaß ganz und gar seine verkrampften Hände, und die Arbeit machte ihm überhaupt nichts aus. Das ging nun täglich so weiter, dass sich daraus ein einseitiges Arbeitsverhältnis entspann. Zwischendurch reparierte er mal den kleinen Heuwagen oder schärfte die Sense und verrichtete noch allerlei andere kleine Hausarbeiten. Elena fand sein Treiben sehr angenehm, und Mascha wurde bereits unruhig, was ihr Pavel so alles machte, der sich ständig auf dem Hof der Petrowna herumtrieb. Da sie Pawel nicht kritisierte noch ihm die Arbeiten für Elena verbot, übertrieb er seine Hilfe immer mehr. Es fiel Mascha auf, dass er ihren Hof vernachlässigte und sie wieder mehr Aufgaben, die eigentlich Pawel zustanden, verrichtete. Einmal stellte sie ihn zur Rede als er wieder einmal vergaß, die eigene Kuh zu melken und ihr die Arbeit überließ.

„Weißt du, Mascha, so einer armen schwachen Witwe muss einfach geholfen werden – so ohne kräftigen Mann!", antwortete Pawel, und dabei hob er beide Schultern mit einem hilflosen Gesichtsausdruck hoch.

Mascha verließ sich voll auf ihre Verabredung mit Elena. Elena beruhigte und vertröstete sie immer wieder: „Es wird schon mal klappen, Nachbarin."

Der Frühling sagte sich an, die Weidenkätzchen und die Schneeglöckchen schauten bereits in die Sonne, und die Apfelblüten stocherten in den Knospen. Elena lief ins Haus, wo Pawel gerade einen Nagel in die Wand schlug, um einen Korb aufzuhängen. Nach vollbrachter Arbeit sprang er vom Hocker, auf dem er stand, verlor das Gleichgewicht und fiel so der vorbeikommenden Elena direkt in die Arme. Erschrocken ob dieser Nähe schaute sie Pawel direkt in die Augen und vergaß Mascha, ihre Abmachung und Zurückhaltung. Mit einem festen Griff zog sie Pawel in ihre Kammer und hoffte noch im Unterbewusstsein, dass jetzt Mascha in die Kammer käme. Dann knickte sie mit den Knien in gleicher Weise ein wie es Mascha ihr angedeutet hatte, und sank danach rückwärts auf ihr Bett, Pawel mit sich ziehend. Pawel ergriff diese einmalige Gelegenheit beim Schopfe. Nach erfolgreicher Arbeit sammelten sie ihre Kleidungsstücke zusammen, streiften diese auf ihre Körper und gingen etwas betreten in die Küche, während Elena noch immer nach Mascha Ausschau hielt, die sie ja überraschen wollte. So vergingen etliche Wochen, und der Herbst trat seinen Siegeszug über die Felder an. Mascha redete mit Elena, wann sie denn mal kommen könnte.

„Es liegt nur an dir, wenn du mal bei mir vorbeikommen willst," meinte Elena.

Mascha war mit dieser Antwort sehr zufrieden, da Pawel seine Arbeiten zu Hause ordentlich verrichtete, nur dass er jetzt öfter sehr müde war. Zu Elena ging er nur mal, um ihr bei der schweren Arbeit, dem Melken der Kuh beizustehen, und das nicht jeden Tag. Elena verschwieg allerdings, dass Pawel regelmäßig ihre Kammer aufsuchte. Denn solange sie von Mascha nicht überrascht wurden, sah sie keinen Grund, ihre Freuden mit Pawel preiszugeben. Elena zog immer fröhlich singend durch ihr Haus, was für sie sehr ungewöhnlich war.

Das nächste Frühjahr brach an, und Mascha wartete noch immer auf ihre Rache, die sie bald – wie sie meinte – auskosten würde. Eines Tages hatte Pawel sein Pfeifchen auf die Fensterbank gelegt, die Haare forsch zurückgestrichen und war zur Nachbarshilfe gelaufen. Mascha, inzwischen doch misstrauisch geworden, schlich Pawel zum Nachbarhaus hinterher. Sie hielt im Stall Ausschau, sah zwar die Kuh ruhig ihr Futter mampfen, jedoch keinen Pawel. Sie ging in die Scheune, und wieder kein Pawel war zu sehen. Im Haus hinter der Küche, wo Elenas Kammer lag, hörte sie Geräusche, die ihr allzu bekannt vorkamen, die von Pawel bei ganz bestimmten Tätigkeiten stammten. Dazwischen noch kleine Liedchen, die nur Elena singen konnte. Mascha riss die Kammertür auf, und ihr traten fast die Augen heraus.

Wutentbrannt schrie sie: „Ihr Lumpen", und dann zu Elena gewandt, „so sieht nun unsere Abmachung aus!"

Pawel sprang aus dem Bett und bedeckte verschämt seine Blöße.

„Welche Verabredung?", stotterte er, während Elena ruhig liegen blieb, die störende Besucherin unverständlich anblickte und sagte: „Mascha Iwanowa, du bist zu spät gekommen. Ich konnte ihn nicht mehr zurückhalten, er war einfach über mir."

Sie schaute dabei Mascha frech an und meinte, alles nach der Verabredung gemacht zu haben. Mascha trat den Rückzug an, und Pawel schlüpfte, ehe sie sich's versah, an ihr vorbei und vergaß in aller Eile, seine Hose mitzunehmen. Sie ergriff diese und schlug sie ihm zu Hause mit entsprechenden Bemerkungen um die Ohren. Ja, sie entschuldigte sich bei Elena für Pawels Verhalten, und sie wollte es ihrem Pawel schon geben, eine ehrbare Frau so zu überraschen, wie es der Elena geschehen war.

Mit dem Pfeifchen rauchen und vor der Tür die Bank drücken war es nun endgültig für Pawel vorbei. Mascha trieb den Wüstling unerbittlich von einer Arbeit zur anderen. Es ging soweit, dass er – bevor sie einen Wunsch äußerte – ihn auch schon erledigt hatte. Die ehelichen Pflichten forderte sie immer seltener von ihm ein, sodass er ganz durcheinander kam.

Sie lehnte jegliche Annäherungen von Pawel ab mit dem Hinweis: „Nur noch, wenn ich es will!" Mascha fand heraus, dass ihr Nachbar Maxim Kowaljow ein recht ansehnlicher und freundlicher Mann war, und besuchte ihn jetzt öfter zu einem kleinen Plausch.

DAS JÜNGSTE GERICHT

Reinhardt Kühne war ein dicker älterer Mann mit rundem Gesicht und immer roten Wangen. Herausragend an ihm seine riesige dicke Knollennase, eine regelrechte Schnapsnase. Kein Wunder, denn er besaß ein Eckgeschäft und vertrieb darin Rauchwaren und als Zubehör Schnaps in allen Alkoholstärken, Farben und Flaschenformen.. Zu seinem Laden musste man von der Straße bis zu seiner Eingangstür vier Steinstufen überwinden, die er selbst mit immer lautem Schnaufen erklomm. In den freien Abendstunden spielte er auf einer Mundharmonika. Das Spielen hatte er von seinem Vater gelernt. Reinhardt war nebenbei in einem Mundharmonikaquartett begeisterter erster Solist, und es verstand sich von selbst, dass er viel üben musste. Er wohnte im gleichen Haus, in dem sich auch sein Tabak- und Schnapsladen befand. Im angrenzenden Haus auf der rechten Seite lag das Hotel „Zum römischen Kaiser", welches Max Bochnig gehörte. Linksseitig befand sich das einzige Taxiunternehmen der Stadt, dessen Besitzer Kurt Bochnig, ein Bruder des Max Bochnig, war. Beide störten ihn nicht, wenn er die Lippen am Instrument arbeiten ließ und zarte oder heftige Luftströme in deren Inneres schickte. Er übte manchmal ganz einfühlsamen Melodien, die auch seiner Katze verträglich waren. Ein Anblick für Götter, meinte der Taxichef, der einmal fünf Mark Wechselgeld benötigte und den „Künstler" bei der Arbeit überraschte. Ein Hängebauchschwein mit schönen Wellfleischbacken blieb in seinem Gedächtnis haften.

Die Frau von Reinhardt Kühne ruhte bereits ein Jahr auf dem städtischen Friedhof, den er in größeren Abständen besuchte, um die üble Nachrede der Kleinstädter zu vermeiden. Sie war eine Geborene von Beekern, Hedwig von Beekern, und ließ ihn seine mindere Abstammung als Reinhardt Kühne weidlich spüren. Ihr ganz weit entfernter Vorfahre war gar der Kaiser Barbarossa, der immer noch sein Unwesen auf dem Kyffhäuser treiben soll. Diese Abstammung war jedoch immer umstritten. Über tausend Umwege und permanentes Einheiraten landete sie bei dem Namen von Beekern, und den Vornamen Hedwig gaben ihr die Eltern nach der schlesischen Nationalheiligen. Diese hatte einst mit dem verwandelten Brot in Rosen ihren gewalttätigen Ehemann genarrt. So kehrte seine Hedwig immer die Noble heraus und blickte mitleidig auf seine

Rauch- und Schnapswaren, von denen sie jedoch ganz gut mit lebte. Sie mochte seine Mundharmonikamusik nicht. „Das ist kein Instrument, sondern eine Zumutung für empfindsame Seelen und schon gar nicht für eine Geborene von Beekern", erklärte sie ihm, sodass er nach Ladenschluss öfter seine Schnapsflaschen und Zigarren versuchte zu begeistern. Manchmal hatte er das Gefühl, dass sie ihm freundlich zunickten und zu weiterer Mundakrobatien ermunterten.

Nun gut, seine Hedwig war mit den kirchlichen Wegzehrungen und entsprechender Blasmusik (er selber wagte nicht sein Instrument einzusetzen), ehrenvoll beerdigt. Er hatte sie nicht einäschern lassen, so etwas gehörte sich nicht, denn wer sollte ihre Asche am Jüngsten Gericht wieder zusammensetzen, wenn dann die Abrechnung kam. Ihm graute schon vor dem letzten Gericht, wenn sie beide so nebeneinander standen, nackt und bloß, und ihre Sünden aufgezählt bekamen. Er mit seinen Besäufnissen, der unzumutbaren Musik in den Ohren seiner Hedwig, und so manchem Beschiss beim Füllen der Zigarrenkistchen. Ja, oder die kleinen heftigen Seitensprünge mit der dicken Tochter, der Marthel des Wirtes Max Bochnig vom „Römischen Kaiser", die so keinen Kerl abkriegte und für jedes Rittchen dankbar war, wenn er sich wie ein Sking, eine Wühlechse, in sie vertiefte.

Dann wurde ihm schon angst und bange, wenn seine adelige Hedwig das mitbekam. Wer weiß, was sonst noch über seine Hedwig alles ans Licht kam, das er nicht wissen wollte. Schlaflose Nächte kamen und gingen. Er genoss jetzt öfter etwas von seinem Regal aus dem Schnapsladen. Seine Mundharmonika klang nicht mehr so melodisch wie früher. Sein Kundenkreis nahm ab, da öfter ein kleines Schild „Wegen Wahrenübernahme geschlossen" an der Ladentür hing oder einfach nur „Aus technischen Gründen geschlossen", denn so viele Waren gab es nicht zu übernehmen, wie er geschlossen hatte, das wäre den Kunden aufgefallen. Mit der Zeit konnte er aus seiner Kasse kaum noch Einnahmen entnehmen. Der Einkauf von Brot und anderen Lebensmitteln vermochte seine Geldknappheit nicht mehr überspielen.

Es musste etwas geschehen, so konnte es nicht weitergehen. Eines Nachts, in der er wieder schlaflos durch das Haus irrte, kam ihm die Erleuchtung. Seine Hedwig, die schon ein Jahr in zwei Metern Tiefe ruhte, musste verbrannt werden. Niemand konnte aus dem Staub eine gerichtsfähige Person machen. Damit wäre er, Reinhardt Kühne, aus allen Enthüllungen zum Jüngsten Gericht heraus, und seine Hedwig würde nicht neben ihm stehen. Mit seinen Nachbarn Max und Kurt war er gut befreundet. Er hatte noch so manches gut bei denen. Dem Kurt besorgte er so öfter eine Taxifahrt, wenn ein Besoffener aus seinem Laden taumelte und dieser nach Hause musste, und Max nahm er die unbefriedigte Tochter ab, die nach seinen nächtlichen Besuchen dann in seinem „Kaiser" zufriedener arbeitete. Marthel besuchte er jetzt ungefährdet, wenn er ein Bedürfnis spürte, was allerdings immer seltener wurde, je mehr sein Alkoholkonsum und sein Bauch zunahmen. Auch die Reize des Verbotenen verringerten seine Initiative. Max kannte das Verhältnis seiner reizlosen Tochter und war, wie bereits gesagt, dem Reinhardt dankbar dafür.

Am nächsten Wochenende lud er Kurt Bochnig und Max Bochnig in seine Wohnung ein, mit der Erklärung, einiges Nachbarliches besprechen zu wollen. Vorsorglich stellte er ein Kästchen Bier und zwei Fläschchen Korn bereit, um dem Gespräch den richtigen Nachdruck zu geben.

Nachdem der Kasten und die zwei Flaschen geleert waren und sämtliche Stadtneuigkeiten ausgetauscht, begann Reinhardt: „Wir sind alle mehr oder weniger Sünder."

Pause, beide Bochnigs sahen sich an. „Wie ihr wisst, habe ich meine Hedwig auf dem Friedhof ehrenvoll begraben, in einem Sarg. Sie war eine gute Frau, nur streng bei kleinen Verfehlungen, die mir unterliefen. Beim Jüngsten Gericht", er schaute dabei mit traurigem Blick und zitternden Hängebacken an die Decke, „bin ich verloren. Wenn sie dann Anklage erhebt und mich ins Fegefeuer abschiebt, dann heule ich wie ein Hund und kann meine Mundharmonika vergessen. Aber als Asche kann sie das wohl nicht, denn wer sollte sie Körnchen für Körnchen mühselig zusammensetzen? Nein, das gelingt dem da oben nicht", und wieder, jetzt hoffnungsvoll, wanderte sein Blick an die Decke. Max und Kurt verstanden immer noch nicht, was er damit sagen wollte und welche Aufgabe sie dabei hatten.

„Versteht ihr, wir müssen sie verbrennen." Dabei blickte Reinhardt sich triumphierend um und fügte hinzu, „ihr werdet mir dabei helfen."

Langsam begriffen die zwei, und sie entwickelten einen Plan, wie das Ganze vonstatten gehen könnte. Ja sie überlegten gleich, wie sie ihr eigenes Jüngstes Gericht umgehen konnten, und beschlossen, entsprechende Festlegungen im Testament zu treffen. Max Bochnig meinte, für ihn käme eine Einäscherung nicht infrage, er habe sich als Kind einmal am Küchenherd verbrannt und das hätte ungemein wehgetan. Sein Bruder Kurt fand es sehr angenehm, da er im Winter bei seinen Taxifahrten immer fror, da die Heizung selten funktionierte. Max bedeutete, er müsste seinen Lebenswandel eben danach einrichten, um das Jüngste Gericht freundlich zu stimmen. Reinhardt konnte keine testamentarischen Festlegungen treffen, denn er hatte keine Verwandten mehr, die seinen Wünschen später nachkommen konnten. Jedenfalls Hedwig musste ausgebuddelt und dann verbrannt werden, das stand fest, nur der Weg dorthin konnte ohne öffentliches Aufsehen schwer erreicht werden. Die Überlegungen gingen hin und her. Exhumieren und im Krematorium verbrennen klappte nicht, da käme Reinhardt sofort in die Öffentlichkeit und ins Gerede, er gönne seiner Hedwig nicht die ehrenvolle Grabesruhe. Max meinte, Reinhard könne ja bei der Exhumierung mit seinem Mundharmonikaquartett Hedwig eine Freude machen. Aber Reinhardt schloss das Musizieren aus, den Zorn seiner Hedwig konnte er nicht vertragen. Sie beschlossen nun, die nächste Kartoffelernte und den Vollmond abzuwarten, um etwas Licht bei ihrer Arbeit zu haben und das reichliche Kartoffelkraut zur Verbrennung zu nutzen. Marthel die Tochter des Wirtes wurde eingeweiht, da sie Schmiere stehen sollte. Ihr wurde eingeschärft, um Himmels willen den Mund zu halten.

Die nächste Vollmondnacht nach der Kartoffelernte brach an. Die Kartoffelfeuer brannten hier und dort, und sie hofften, dass noch genug Kraut für ihr Vorhaben übrig blieb. Sie hatten ein entsprechendes Feld ausgesucht, auf dem alles passte. Kurt lenkte sein Leichentaxi aus dem Schuppen, das noch mit allen Begräbnisutensilien beladen war, und die vier fuhren gen Friedhof zum Ort der Verblichenen. Marthel postierte sich an der Friedhofstür und stand Schmiere.

Der Vollmond ließ sein mildes Licht auf die Grabreihen scheinen, und sie begannen ihr Werk. Blumen ausbuddeln und ablegen, und dann ging es los. Sie gruben sich in das Erdreich, zwei Mann in die Tiefe und einer oben, der Erdreich zur Seite schippte. Reinhardt ließ es sich nicht nehmen, in der Nähe seiner Hedwig zu graben. Alles funktionierte, die Stricke lagen unter dem Sarg, und die beiden Schipper konnten aufsteigen. Reinhardt Kühne kam wegen seiner Leibesfülle nicht mehr aus der Grube. Mit einem Ersatzstrick zogen die Brüder ihn heraus, wobei er mehrfach wieder zurückrutschte, ehe sie es geschafft hatten. Dann zu Dritt zogen sie den Sarg nach oben, was nach Meinung von Reinhard extrem schwer vonstattenging, denn seine Hedwig war klein und dürr und der Sarg aus leichtem Kiefernholz gewesen. Aber nun los in das Taxi mit dem Sarg und den anderen Verbündeten.

Das Kartoffelfeld kurz vor der Stadt sah noch glimmende Feuer vom Kartoffelkraut. Sie schafften noch eine Menge trockenes Kraut zusammen und gossen über den Sarg Benzin, damit das feuchte Holz besser brannte. Der entzündete Sarg brannte ordentlich, und sie warteten aus sicherer Entfernung ab, bis alles zu Asche ward und sie die mitgebrachte Urne füllen konnten. Das Holz gab seine Widerstandkraft auf, es verbrannte fast vollständig und gab den Körper derer von Beekern frei. Sie beschlossen, einen Kanister Benzin darüber zu gießen. Kurt, der harte Beerdigungsstratege, übernahm die Aufgabe und schlich mit dem Kanister vorsichtig zur Brennstelle. Aber – er stutzte und rannte wie von Furien gehetzt zu seinen Verschworenen. Mit ausgestreckter Hand zeigte er zum Tatort.

„Da – da – das ist nicht Hedwig“, schrie er fast.

Reinhardt, der seine Rose genau kannte, überzeugte sich schleichend, das war nicht seine dürre Hedwig. Nein, das war – im milden Mondlicht erkannten sie den großen dicken Nachbarn Friedrich Drieschner, der kurz nach Reinhardts Hedwig verstorben war und neben ihr das nächste Grab innehatte. Sie hatten sich offensichtlich geirrt, der Vollmond hatte sie genarrt. Was nun, das Kartoffelkraut schaffte es nicht, die dicke Leiche zu verbrennen. Auch wollten sie nicht, dass Drieschner um das Jüngste Gericht käme. Kurt holte mit seinem Leichentaxi einen Armensarg, den er für Landstreicher und andere mittellose Verstorbene in seiner Garage stehen hatte. Sie legten Friedrich Drieschner hinein und beerdigten ihn ein zweites Mal. Dreckig und kaputt landeten sie zu Hause. Nach gründlichen Reinigung beugte Reinhardt sein Haupt und gelobte Buße zu tun, nur wusste er nicht welche. Dafür tröstete ihn Marthel, indem sie ihn jetzt öfter an ihren reichlich vorhandenen Busen drückte, was er nun als echte Buße empfand und durch vermehrte Kirchgänge zusätzlich ausweitete.

EIN STARKES STÜCK THEATER

Eigentlich ist es nichts Besonderes, dass Engländer in einem deutschen Theater ein englisches Stück aufführen. Genauso wie wir Deutschen in England ein englisches Theaterstück aufführen, meistens von Shakespeare. Hier handelte es sich um eine nostalgische Zeitreise in die New Yorker Kunst- und Underground-Szene der sechziger Jahre. In der Volksbühne traten vier berühmte englische Schauspieler auf, drei Frauen und ein Mann, die ich nicht kannte. Auch vorher nicht, doch ich konnte sie dann kennenlernen – während des Spieles. Es handelte sich um die vorletzte Vorstellung, und dementsprechend stöhnten alle Sitzplätze unter dem zunehmenden Andrang der Besucher. Ich ergatterte den letzten billigen Platz gleich vor der hinteren Theaterwand am Anfang der Sitzreihe. Zuvor schleusten die Platzanweiser sämtliche Besucher, ehe sie ihre Sitzplätze erreichten, durch die aufgebaute Küche (englisch Kitchen) mit vier Wänden, einem Ein- und einem Austritt, mit sparsam ausgestatteten Küchenmöbeln. Die vier Schauspieler standen dort herum und erledigten irgendeine Küchenarbeit.

Mir hielt eine der Schauspielerinnen ihr geröstetes Weißbrot vor die Nase und sagte: „Ich röste hier."

„Hoffentlich schmeckt Ihnen der verbrannte Mist auch", entgegnete ich und tätschelte ihre Hand, die das verbrannte Weißbrot festhielt.

Sie sah in ihrer zerrissenen Strumpfhose und den schwarzen Schlüpfern etwas dürftig aus, während ihre in Mäuseschwänzchen gebundenen Haare das Blond blitzend versprühten. Beim Vorbeigehen zeigte mir die nächste Schauspielerin ihr dickes Hinterteil. Eine andere Dame versteckte inzwischen ihren Kopf im Kühlschrank. Der Herr Schauspieler präsentierte sich, im englischen Anzug und mit einem großen Schnurrbart, elegant vornehm. Durch dieses intensive Küchendefilee aller Zuschauer begann die eigentliche Vorstellung eine halbe Stunde später. Das ganze Theaterstück sollte sich in einer Küche von Andy Worhol aus dem Jahre 1965 abspielen.

Meine Tochter warnte mich schon im Vorfeld vor dieser Veranstaltung: „Die Engländer halten nicht viel von den Deutschen. Denke daran, wir wollten einmal die deutsche Sprache als Weltsprache durchsetzen, und nun sprechen wir immer noch deutsch."

Der Regisseur – sicher freundlich deutsch ausgestattet – wollte uns nur etwas englisch beibringen. Diensteifrig versicherte mir die Kartenverkäuferin, dass überwiegend vielleicht Deutsch in diesem Stück gesprochen werde, was sich später als glatter Irrtum herausstellte. Die Engländerin mit der kaputten Strumpfhose sprach ein akzentfreies Deutsch (was sie jedoch während des Spiels vollständig vergaß) auf meine Frage zum verbrannten Weißbrot, das sie danach in die Zuschauerränge warf.

Ich saß am Anfang der preiswerten Zuschauerreihe und überstand durch die langsamen Küchendurchgänge der Zuschauer mit vielem Auf und Ab – „ja bitte, ja danke" – den sportlichen Teil der Veranstaltung. Neben mir nahmen zwei außerordentlich verliebte Jugendliche da in der letzten Reihe Platz. Er – ein alternativer Typ, groß, schlaksig, zerrissene Jeans, alter Westower, unrasiert mit nach hinten geknüpften lockigen Haaren. Sie – ausgesprochen zierlich mit einem an mir vorbeihuschenden zärtlichen Hinterteilchen, zwei Köpfe kleiner als ihr Partner, über der langen Hose ein überfallendes Röckchen tragend und einem entzückenden Gesicht. Die Vorstellung begann, wie schon gesagt, verspätet, die Kleine begab sich in Position, indem sie ihre Oberschenkel auf seinen Knien in Stellung brachte. Er massierte gleich zu Beginn der Vorstellung etwas unter ihrem Röckchen. Ich konnte an ihren glänzenden Augen und dem leicht geöffneten Mund deutlich ihr Wohlbefinden erkennen. Nach kurzer Zeit zog sie ihren Top aus und legte ihre Oberweite zur Einsicht frei. Berückend diese Vorstellung. Weitere Freizügigkeiten erlaubten sie sich während meiner Anwesenheit nicht.

Die Küche und das daneben liegende Schlafzimmer ergaben zwischen den Akteuren reichliche Dialoge und Monologe, die ich mit meinem Schulenglisch nur bruchstückhaft verfolgen konnte. Nur das Lachen einiger Zuschauer an bestimmten Stellen zeigte mir, es befanden sich Engländer darunter, und es musste lustig sein. Interessantes ergaben meine Nachbarn – er mit lauten euphorischen Pfiffen zum Geschehen auf der Bühne, sie mit pausenlosen heftigen Küssen auf den Ungepflegten.

Es ist in diesem Stück üblich, (leider bemerkte ich diese Sitte zu spät, und sie war aus dem Programm nicht ersichtlich), Zuschauer auf die Bühne zu holen. Ich vermutete, dass die vier Akteure nicht ausreichten, um das Theaterstück über die Zeit zu bringen. Vielleicht wollten sie damit ihre eigene Gage etwas aufbessern, denn die Laienschauspieler erhielten keinen Cent.

Der einzige männliche Schauspieler schnappte sich das Mikrofon und wackelte hüfteschwingend durch die Zuschauerreihen, hockte sich irgendwann vor einer Zuschauerin nieder und versuchte sie durch Reden und

Streicheln auf die Bühne zu locken. Diesen Versuch startete er nacheinander und sogar mit Erfolg bei drei Mädeln. Er suchte sich dabei Mädel mit recht hübschen Gesichtern und Figuren aus. Wobei die letzte – eine bereits reifere Frau – sich erst wehrte, doch durch schmatzende Küsse auf den Mund offensichtlich weich gekocht auf der Bühne landete. Die neuen Schauspielerinnen stattete er mit dicken Hörmuscheln aus und flüsterte dann, im Zuschauerraum sitzend, Anweisungen und Monologe (alles in Englisch) zu, die sie daraufhin ausführten. Die echten Schauspieler konnten, so wie ich es beobachtete, ihre Texte auswendig. Nun fehlte noch eine Figur. Er schlenkerte durch den Gang an den Reihen entlang, wackelte mit den Hüften und schlug Purzelbäume. Plötzlich blieb er bei meiner Reihe stehen, schlängelte sich zielstrebig an den Stühlen vorbei, und ich hoffte, dass er bei der reizenden Kleinen stehen bliebe. Ich schaute verlegen nach allen Richtungen, um Desinteresse zu signalisieren. In Wirklichkeit kroch mir die Angst in die Füße und Haarwurzeln. Mir fielen all meine zurückliegenden öffentlichen Auftritte ein, zum Beispiel wo ich einmal – nach einer Rede im erweiterten Familienkreis – einen Faustschlag von einem Onkel in die Magengrube bekam. Ja, oder meine beiden Kinder, denen ich beim öffentlichen Auftritt vor der Lehrerschaft zuredete, nicht den Hund des Direktors zu beschimpfen. Er, der Engländer, blieb vor mir stehen und schlug mir das Mikrofon leicht auf den Kopf, sodass ich glaubte, nun an einer Gehirnerschütterung zu leiden.

Er kniete sich dann vor mich hin und sagte: „How do you do, come with me", und ich erwartete, dass er jetzt richtig zuhauen würde.

Gleich darauf fing er an, meine Hände von den Stuhllehnen zu reißen.

„Ich komme da nicht mit auf die Bühne, beschäftige dich mit deinen Frauen!", donnerte ich ihn an.

Nein, ich konnte es nicht ausstehen, wenn mich ein Mann anfasste, zumal noch ein Engländer mit Schnauzbart. Einfach eklig. Ich erwog unter meinen Sitz zu kriechen. Der Kerl zog mich eisern nach oben, ich verpasste ihm einen Tritt ans Schienbein, und plötzlich redete er deutsch.

„Wenn Sie jetzt nicht auf die Bühne kommen, verklage ich Sie wegen Körperverletzung", fing er an zu drohen.

Da ich die Gerichtsbarkeit und deren bürokratisches Gehabe kannte, zog ich es vor, hinter der Pfeife auf die Bühne zu stolpern. Von einem Zuschauerplatz aus raunte er mir englische Texte in die Ohren, die ich inzwischen mit dicken Hörmuscheln belegt bekam, und dann herausposaunte, aber nicht verstand. Das alles ohne Honorar. Stattdessen durfte ich mich nach der Vorstellung mit dem Mäuseschwänzchen im unbequemen, harten Theaterbett umherwälzen und das ohne Zuschauer. Lange hielt ich es in dem Theaterbett nicht aus, weil sowohl das Mäuseschwänzchen als auch das Bett viel Puder ausstrahlten und mir übel wurde. Fluchtartig verließ ich das Bett und das Theater und rannte nach Hause. Leider verpasste ich die Endphase der beiden neben mir sitzenden Liebenden.

Der späte Heimweg gestaltete sich weniger romantisch. Ein ungepflegt aussehender junger Mann befreite mich vom Wechselgeld, welches ich vom Theaterbesuch herausbekam. Meine Schuhe schienen ihm ebenfalls zu gefallen, sodass ich auf Strümpfen nach Hause trabte.

IM KAUFRAUSCH

Die Probleme mit meinem Onkel trug ich schon länger mit mir herum. Eigentlich waren es nicht meine, sondern seine – nämlich die meines Onkels Fridolin.

Seine Frau sagte: „Na, lass ihn nur, wenn er Freude daran hat, er nicht alles Geld verpulvert, und solange noch Platz in unserer Wohnung ist", damit hob sie eine Hand und wies auf ihre Schränke.

Onkel Fridolin, bereits im gesunden Anfangsrentenalter, bekam manchmal einen Kaufrausch, und das ganz ohne Vorwarnung. Auf seinem Tisch stapelte sich ein wahrer Berg buntes Papier. Der Tisch stand in Sehentfernung vor dem Fernsehapparat, und der Onkel saß dahinter auf einem sehr bequemen Sessel und sah mit einem Auge oder auch beiden immer auf das laufende Programm. Bei dem Fernseher, dem neueste Modell, kannte er alle Tricks, die das Gerät in sich barg. Er konnte Teile aufrufen, Schriften mit einem Knopfdruck seiner Fernbedienung sofort hervorzaubern und zwei Jahre im Voraus das Programm aller deutschen und ausländischen Sender rausholen. Obgleich ihm die ausländischen Sender nichts nutzten, da er nur Deutsch beherrschte. Onkel Fridolin konnte den Fernsehapparat sogar abschalten, was ihm jedoch viel Mühe bereitete, denn dieser lief fast Tag und Nacht hindurch. Nachts half ihm das Flimmern in den Vorbereitungsschlaf und hievte ihn dann in Trance ins Bett. Nein, um das Fernsehen geht es hier nicht, obwohl es für Onkel Fridolin eine lebenserhaltende Maßnahme darstellte. Er entpuppte sich als elektronischer Tausendsassa. Wobei er doch während seines Berufslebens in der Materialwirtschaft immer alle schwer zu erreichenden Materialien schnell heranschaffen konnte.

Die auf dem Tisch aufgehäuften bunten Blätter (Angebotsprospekte der gesamten Konsumentenketten) gaben ihm das Ziel vor. Die Blätter lagen nicht einfach nur auf dem Tisch verstreut herum. Sie waren nach Eingangsdatum und den Terminabrufdaten sortiert und so auf kleine Häufchen gelegt. Er konnte sofort erkennen, ab wann welches Produkt als Angebot zu erwerben war. Schnäppchen und Billigangebote bekamen eine besondere Kennzeichnung. Vergleiche mit den im Fernsehen angebotenen Artikeln, die als nächstes Ziel dienen sollten, brachten ihn bei Preisdifferenzen mit seinen Blättern total aus dem Häuschen. Dann sprang er aus seinem Sessel, was er sonst nie tat, und rannte in die Küche, um sich einen

Beruhigungstee einzuträufeln. Einmal passierte es bei einem solchen heftigen Aufbruch aus dem Sessel, dass er mit dem Knie an die Tischkante stieß und sich einen Meniskusriss zuzog, den er dann immer humpelnd würdigte.

Ich besuchte ihn manchmal und setzte mich ihm am Tisch gegenüber, was seine Tätigkeit mit den Vergleichen arg behinderte. Als politisch Interessierter blieb er in Gesprächen ständig in der Regierungszeit von Helmut Kohl stehen, den er als Lügner und Betrüger am deutschen Volke, besonders aber an ihm, beschimpfte, da ihm immer noch die Hose im Schritt kniff. Wenn ich dann sein vergangenes Arbeitsleben berührte, vergaß er seine bunten Blätter, sein schielendes Auge auf den Fernsehapparat, und begann daraufhin stundenlang seine Materialbeschaffungserfolge abzuspulen. Alle Angaben dazu über das Jahr, den Tag, die Stunde, den Namen und Preis des Übernachtungshotels und den erfolgreich ergatterten Materialien nebst Artikelnummer, Gewicht und Liefertermin. Es war einfach erstaunlich und für mich umwerfend, welch uninteressanter Blödsinn in einem Kopf zu speichern möglich ist. Ich tröstete mich mit dieser einzigen Lebensleistung, die so übermächtig herausragte. Jetzt gab es für ihn andere Prämissen. Mit einem langen Blick auf die Stapel vor ihm erkannte er das Angebot eines Kofferpakets mit fünf Koffern verschiedener Größe zu einem sagenhaft günstigen Preis. So etwas Tolles würde er nie wieder finden. Fröhlichen Schrittes marschierte er zur Kaufhalle, und nach längerer Verhandlung mit dem Kaufhallenleiter, um diesen Preis noch zu drücken, erwarb er die fünf Koffer. Nach drei Tagen tauchte er bei mir auf mit einem Gesichtsausdruck, der nichts verheimlichte. Seine Frau hatte ihn mitsamt den Koffern rausgeschmissen. Nun versuchte er bei Verwandten und Bekannten dieses Schnäppchen loszuwerden.

„Du hast doch immer schon zwei Koffer benötigt, die sind ganz billig", fing er an, „sieh mal die beiden kleinen oder vielleicht diesen großen Koffer hier?"

Ich ließ ihn noch eine Weile seine Ware anpreisen, dann lehnte ich ab. und wir redeten noch etwas über Helmut Kohl, der natürlich auch jetzt dank seiner Politik schuld war, soviel Waren für wenig Geld auf den Markt zu werfen. Logischerweise musste der Staat da pleitegehen. Bei seinen übrigen Verwandten verbuchte Onkel Fridolin die gleichen Erfolge. Nach zwei weiteren Wochen intensiver Suche nach einem Menschen, der das umwerfende Schnäppchen unbedingt haben wollte, trabte er mit eingezogenen Schultern und einem reumütig jämmerlichem Gesichtsausdruck mit seinem Kofferpaket zur Kaufhalle. Den ausgehandelten Rabatt musste er drauflegen, als er sein Kaufgeld zurückerstattet bekam.

Eine weitere ergiebige Quelle ergab sich für ihn aus den bunten Blättern, aus mehreren Angeboten namens „nimm drei, bezahle zwei." Hier tobte er sich aus. Mit dem Auto fuhr er bei solchen Angeboten vor und kaufte: H-Milch, Kekse, Zucker, Schokolade, Müsli, Joghurt – einfach alles, was so an Lebensmitteln auf dem Markt angeboten wurde. In der Wohnung machte er sich dafür mehrere Schränke zurecht, die sein Stapeln dieser Köstlichkeiten vertrugen. Als diese keine weiteren Materialien mehr aufnahmen, wich er in die Kellerräume aus, und darüber hinaus, wenn diese überfüllt waren, würde er weitere Möglichkeiten erwägen. Zum Beispiel in Nachbars Keller oder gar durch Mieten einer Lagerhalle. Als ich von dieser Sammelleidenschaft meines Onkels erfuhr, meinte ich, dass er bereits Vorräte für den Dritten Weltkrieg anlegte. Bald darauf ging das regelmäßige Aussortieren los, denn die Produkte hatten überwiegend Verfallsdaten aufgedruckt.

Langsam geriet Onkel Fridolin in eine Stresssituation, die er aus seinem früheren Berufsleben nicht kannte. Zwischen Fernsehen, Prospekte stapeln und nach Terminen einsortieren, raussuchen der Schnäppchen, einkaufen und stapeln und wieder aussortieren sauste er hin und her, bis er völlig den Überblick verlor. Er wurde ein Getriebener, ein Gefangener seiner eigenen Versorgungsphobie.

Als ich ihn nach längerer Zeit besuchte, war er dürr und abgeklappert, sein Gesicht in lange grämliche Falten gezogen. Seine Frau sorgte sich bereits, wie er das überleben sollte. Er selber gestand – und das mit allem Nachdruck und Überzeugung – dass alles an der im Schritt kneifenden Hose lag, die er in der Ära Kohl gekauft hatte, und nur Kohl alleine wäre an seiner Misere schuld.

DER FUSSBALLSCHIEDSRICHTER

Walter Hohenfels – ein Bild von einem Mann, hochgewachsen, schlank, blond und trainingsgestählt. Zweifelsohne könnte er in jedem Magazin auf der Titelseite stehen. Die Augen manch weiblicher Schönheit ruhten selbstvergessen auf ihm, dem Schiedsrichter. Dieser Mann war aber kein einfacher Schiedsrichter, dessen Attraktivität sich in einem unbedeutenden Klub versteckte – nein, ein echter Bundesliga-Schiedsrichter und das in der ersten Bundesliga. Herr Gramlich der Vorstandsvorsitzende des Fußballvereins FK RK Grün-Rot verlor sich mit den Worten, er sei ein besonderer Pfeifenmann, ausgestattet mit einer hohen Bildung, die sich zum Ärger seiner Anhänger und darüber hinaus unter seinem blonden Haarschopf verbarg.

In jungen Jahren galt er als Muster in der Verwaltung und brachte so manchen Besucher, den er verwaltungsmäßig zu betreuen hatte, mit seinen punktgenauen Forderungen zur Verzweiflung. So wie Pauline Grasinger, die er fünfmal wieder einbestellte, weil sie das Formular zur Erhebung von Steuern – sie war als Rentnerin steuerpflichtig – nicht richtig ausgefüllt hatte. Es fehlten immer wieder Angaben zur Größe ihres Hauses, der Zahl potentieller Untermieter und zuletzt ihrer Kleidergröße sowie der Anzahl ihrer Schuhe, da sie in ihrem Haus ein Zimmer für ihre Schuhe benötigte. Er stieg auf, wurde Jahr für Jahr befördert, sodass er sich schon in jungen Jahren mit dem Titel eines Verwaltungsdirektors brüsten konnte. Ein Verwaltungsdirektor als Schiedsrichter oder ein Schiedsrichter als Verwaltungsdirektor, damit konnte sich nicht jeder schmücken. Herr Schulz, der technische Direktor des Fußballvereins FK RK Grün-Rot (Fußballklub Runde Kugel Grün-Rot) in der ersten Bundesliga, die Mitarbeiter des Verwaltungsdirektors und sogar sein Vertreter, Herr Kubitscheck, meinten: „Er ist uns allen über." Vor allem, wenn er öfter als Schiedsrichter, denn an seinem Arbeitsplatz eingesetzt, den Verwaltungsdirektor spielte. Manchmal humpelte er mit Blasen an den Füßen durch die Gänge der Büros seiner Mitarbeiter, um sich dann ausgiebig in seinem Büro zu pflegen und auszuruhen.

Ganz besonders stolz auf ihren Gatten war sein Eheweib Renate Hohenfels. Eine sonst gemütliche Matrone, die früher einmal Kauffrau gelernt, jetzt aber nur für ihren Angetrauten da war und ihm den Rücken freihielt.

Sie redete auch nicht mit jedem. Sicher, wo käme sie da hin in ihrem Haus – sie wohnte leider immer noch zur Miete – um mit den Mitbewohnern zu sprechen. Renate erwiderte nur mit einem leichten, vornehmen Kopfnicken die Grüße der anderen, die ihr schließlich den notwendigen Respekt zollten, dank ihrer Berühmtheit und der ihres Gatten. Sie war der Meinung, dass ihr – der Renate Hohenfels – gar der Adelstitel zustünde. Renate von Hohenfels, das hörte sich doch gut an, wie Musik aus klassischen Noten, obwohl tagsüber nur Schlager aus ihrem Radio hervordudelten. Ihre beziehungsweise die Vorfahren ihres Gatten bemühten sich zur damaligen Zeit nicht um einen Adelstitel, und so blieb sie vorläufig noch Renate Hohenfels. Ihrem Gatten Walter stünde der Titel „von" ebenfalls sehr gut zu Gesichte.

Ganz lieber Besuch sagte sich an, nein, er überraschte die Hohenfels' aus heiterem Himmel. Plötzlich stand er vor der Tür, klingelte lange, da die Länge des Korridors den Anlaufweg zur Tür verzögerte. Ach ja, und dann waren sie da, die man noch nie gesehen hatte. Sie kündigten sich vorher telefonisch um diese Zeit an und begehrten jetzt Einlass. Lieber Besuch aus dem Osten. Was wollten die armen Schlucker einfach so bei ihnen? Nein, sie sollten besser ihrer Arbeit nachgehen und nicht ungefragt in der Gegend herumfahren. Wir füttern sie doch schon durch seit der Wende. Noch nie gesehen, diese Blase. Genau das waren Renates Gedanken, die sich ihr beim Blick durch den Türspion aufdrängten. Noch standen sie vor der Tür – die Cousine mit ihrem Mann, und die Kleine war sicher die Enkelin.

Renate öffnete die Tür und rief scheinheilig: „Guten Tag, Ihr Lieben, wie freue ich mich, euch kennenzulernen. Dich, meine liebe Cousine, die Tochter meiner seligen Tante – ach, und diese Ähnlichkeit mit meiner Tante Lenchen." Ihr Gesicht machte viel Platz für freundliche Falten, und ihre leicht nach oben gezogene Oberlippe sollte ein warmherziges Lächeln hervorrufen, zeigte jedoch nur ihre abgewetzten Zähne. Dabei sah Cousine Ina nicht annähernd ihrer Mutter ähnlich.

„Mein Gatte, der Walter, hat heute Geburtstag, und schon den ganzen Vormittag über ist bei uns die Hölle los."

Die unerwarteten Besucher sahen hier niemanden in der Hölle, nur das Telefon klingelte, und Walter hing an der Strippe und nahm mit großen Gesten die Glückwünsche an. Nach einer halben Stunde war der Gatte bereit, den Gästen die Hand zu reichen.

„Entschuldigt, Ihr seht, was hier los ist, wenn man so bekannt ist wie ich", meinte er, schwenkte langsam seine Arme nach oben und ließ sie ebenso langsam wieder fallen.

Nun fiel es Renate ein, ihre Tochter vorzustellen. „Ach, Ihr kennt ja noch nicht unsere einzige Tochter", sagte sie mit einer Stimme, als hätten wir ein Weltwunder verpasst. Dabei kannten wir die ganze Familie noch nicht. „Ich muss das Kind erst holen, sie arbeitet für das erste juristische Examen, und Ihr wisst ja, wie das ist." Nein, wir wussten dies nicht; und sie holte das Herzchen.

„Das ist unsere kleine Tochter, unsere Einzige", stellte Renate eine kleine, etwas dickliche, hässliche junge Frau vor und wandte sich an sie. „Da, mein Schatz, das sind unsere Verwandten aus dem Osten."

Die kleine Tochter reichte affektiert ihre Hand vor, so als erwartete sie von jedem einen Handkuss. Sie sagte kein Wort, schaute nur selbstvergessen auf ihre Mutter und verschwand sofort wieder, den langen Korridor entlang in eines der angrenzenden Zimmer.

„Ist sie nicht süß und so fleißig", flötete Renate verzückt, als sie mit einer Handbewegung den Abgang ihrer Tochter begleitete. Einige Minuten bot sich noch die Gelegenheit, mit Renate zu sprechen, während der Herr Gatte seine Telefongäste nicht im Stich lassen konnte, sondern immer wieder lauthals Huldigungen nach den erhaltenen Glückwünschen austeilte.

„So, nun müssen wir zum Mittagessen, und ihr könnt euch ja noch die Umgebung, die Herrenhäuser Gärten ansehen", damit verabschiedete Renate die Verwandten, die man zuvor noch nie gesehen hatte.

Herr Walter Hohenfels winkte noch gönnerhaft vom Telefon den Gästen zu, und somit standen sie draußen, und die bedeutende Begegnung fand ihr Ende. Durch diesen zufälligen Geburtstagsbesuch konnte selbst nach Jahren das Datum des Besuches nachvollzogen werden, an dem wir diese hervorragenden Verwandten aufgesucht hatten. Walter riss es dann sechzigjährig, ohne dass nochmals verwandtschaftliche Kontakte stattgefunden hätten, aus seinen Schiedsrichterschuhen, die dann mit in die Urne kamen. Die Herrenhäuser Gärten lohnten unseren Besuch, und das Geburtstagsessen wird Renate und Walter schnell über den einmaligen Besuch ihrer lieben Verwandten hinweggeholfen haben – bei all den anregenden Gesprächen mit der Prominenz aus Sport und Verwaltung. Ob die fleißig lernende Tochter, deren Namen wir nie erfuhren, den Essenstisch bereicherte, entzog sich unserer Kenntnis.

Walter Hohenfels, eine im Fokus stehende Person, reiste als Fußballexperte natürlich mit Gattin nach Botswana, einem kleinen afrikanischen Land, um den kleinen unterbelichteten männlichen Menschen das Fußballspielen beizubringen. Eine humanitäre Geste des deutschen Fußballes und selbstverständlich seines eigenen humanitären Verständnisses. Es machte sich gut im Amtskollegenkreis, diese seine Herzensangelegenheit lauthals preiszugeben. Frau Ursula Rinke, eine Mitmieterin aus ihrem Hause, meinte: „Hoffentlich hat er sich und seine Frau impfen lassen, nicht dass sie hier dann alle anderen mit irgendwas anstecken", dabei zog sie ihre Jacke hoch und bei Außenberührungen, wie Türklinken oder Geländerläufe, ihre Haushaltshandschuhe über.

Walter nahm einen Lederball oder mehrere in sein Gepäck auf. Man konnte schließlich nicht wissen ob dort die richtigen Werkzeuge vorhanden waren Er hatte gehört, dass sie dort mit Lumpenknäueln Fußball spielten. Das afrikanische Botswana – klein an Bevölkerung, groß an Fläche mit typischen afrikanischen Tieren – bot eigentlich eine hervorragende Urlaubsatmosphäre und war nicht geeignet für eine harte Sonnenarbeit mit den männlichen Fußballern. Das sonnenreichste Land der Erde ersparte Renate die Sonnenstudios in Deutschland. Hier konnte sie ausdauernd ihrem Hobby nachgehen. Sie trocknete aus wie eine Trockenpflaume, und nun konnte sie das alles kostenlos perfektionieren. Erst verschönte ein leuchtendes Rot ihr Gesicht und dann der unvermeidliche Trocknungsprozess, der ihr Gesicht in ein herrliches Braun verwandelte. Walter begeisterte sich immer, wenn er in ihre Wange kniff, die wie Pergament knisterte.

Er wollte also im Auftrag der deutschen und der botswanischen Regierung Fußballlehrgänge im Land abhalten. Der Empfang beim botswanischen Präsidenten war für Renate und Walter ein Ereignis. Die aufgestellte Front der Ehrenkompanie des Landes, gemeinsam mit dem Präsidenten an der Seite über den roten Teppich zu schreiten und sich würdevoll an der Fahne zu verneigen – das war schon was. Die Nachbarn im Hause, die Damen und Herren im Amt und die Fußballfans in Deutschland sollten mal sehen, wie sie hier in Botswana auftraten, leider noch nicht bejubelt wurden. Es konnten ja nicht all diese Leute hierherkommen – vielleicht gab es eine Übertragung im Fernsehen – sie in ihrem raffinierten Kostüm und Walter stattlich und würdevoll, allerdings mit offenem Schnürsenkel am rechten Schuh, über den er hoffentlich nicht stürzen sollte. Sie gab an die Kamera versteckte Hinweise, doch nicht die Füße von Walter zu zeigen. Diese fassten das falsch auf und zeigten Walter in seiner vollen Pracht. Renate bekam fast einen Herzanfall, und Walter hatte nach dem Ende der Sendung zwei Wochen unter Renate zu leiden, ob seines kleinen Schnürsenkelversehens.

Damit begann Walter Hohenfels Fußballgeschichte in dem Lande zu schreiben. Allerdings musste er die Fußballtalente in ganz Botswana zusammenfischen. Auf einen Quadratkilometer kamen 3,6 Einwohner. Eine Fußballmannschaft zusammenzustellen – für Walter eine jahrelange Auf-

gabe. Er ließ sich aus Deutschland ein großes Netz kommen, das er wie
ein Lasso über dem Kopfe schwang, um dann immer einen geeigneten
Fußballer einzufangen. Er begann in der Halbwüste Kalahari und arbeitete sich zielstrebig bis zum Nationalpark vor und durch. Öfter landete im
Nationalpark ein afrikanisches Tier, ein Löwe oder Elefant anstelle eines
Fußballers in seinem Netz. Davon ließ er sich jedoch nicht abschrecken,
sondern schwang und fischte unverzagt weiter. Da es in diesem Land keine
Schulpflicht gab, konnte er wahllos die Auswahl unter den Jugendlichen
finden. Inmitten der Bevölkerung fand er einige Mitfänger, die es ihm
gestatteten, schon nach einem Jahr mit der Ausbildung zu beginnen. In
der einzigen Universität des Landes, in der Hauptstadt Gaborone, lehrte
er in einem kleinen Zimmer den Jungen das Fußballeinmaleins. Derweil
Renate einige Abenteuer auf Elefanten und Zebras bestand und die Zeit
nutzte, um die kostengünstige Sonne für eine Ganzkörperbräunung zu
missbrauchen. Die Sonne, nicht mit Aids infiziert, stellte für sie somit
keine Gefahr dar. Frau Ursula Rinke würde bestimmt vor Neid platzen,
wie sie hier stundenlang und ohne Bezahlung ihre Haut verändern konnte
– wo die Gute doch immer hinter Schnäppchen her war.

Die lange Abwesenheit von Deutschland bekam Walter ständig von
neuem zu spüren, da seine Schiedsrichterleistungen und seine Tätigkeiten
als Verwaltungsdirektor nicht so lange ruhen konnten. Für die Tätigkeiten des Verwaltungsdirektors fand sich eine Lösung, indem sein Vertreter,
Herr Kubitscheck, für ihn eintrat. Der Mann hingegen hoffte, dass Herr
Hohenfels dort bleiben sollte, wo der Pfeffer wächst beziehungsweise die
Pferde mit den Eseln gekreuzt werden. Die fehlende Schiedsrichterei gestaltete sich durchaus dramatisch in der Heimat. Auf Walter konnte niemand in Deutschland verzichten, er galt als der beste Pfeifer der Nation
mit bereits 98 gepfiffenen Spielen in der ersten Bundesliga.

Nach langen Überlegungen und Fernsehkonferenzen zwischen Botswa-
na und Deutschland und umgekehrt waren der Vorstandsvorsitzende des
Vereins, Herr Gramlich, sowie Herr Schulz, der technische Leiter, zu einer
Lösung gelangt. Im Stadion des stattfindenden Fußballspiels in Deutschland sollten rings um das Spielfeld Kameras aufgestellt werden, sodass alle
Blickwinkel erfasst wurden. Dazu überall auf den Tribünen große Lautsprecher, die alle Spielinformationen an die Fußballfans weitergaben. In
Simbabwe saß Walter in einem Drehsessel, der von Bildschirmen umgeben war, die das Spielgeschehen aus verschiedenen Blickwinkeln im deutschen Stadion wiedergaben. Ein Mikrofon, das über dem Stuhl schwebte,
übertrug dann die Festlegungen zum Spiel an die Fußballer, die alle einen
Knopf im Ohr trugen und ihre Befehle bei Verfehlungen mit ihrer Start-

nummer erhielten und so zu handeln hatten. Die anderen Spieler hörten es mit und konnten sich dementsprechend verhalten. Die Kapitäne beider Mannschaften erhielten noch ein zusätzliches Mikrofon angebracht, welches sie auch zum Dialog mit Walter berechtigte, da er ebenfalls entsprechend ausgerüstet war. Meckereien und Widersprüche zu seinen Anordnungen der anderen Spieler hörte Walter nicht. Linienrichter wurden eingespart, da er alles mit Linien- und Torkameras im Blick hatte. Einfach genial, das fand auch Frau Pauline Grasinger, die aufmerksam die Fernsehberatung verfolgte und dem Verwaltungsdirektor Walter Hohenfels ihre fünfmalige Einbestellung verziehen hatte.

So erhielt er noch weit entfernt von der Heimat seine Tantiemen. Um ganz genau zu sein, für 90 Minuten plus Nachspielzeit. Keine Anfahrt zum Stadion, keine Einlaufzeit, kein Umziehen, alles bequem vom Sessel aus. Ja, er konnte sogar im Schlafanzug oder ganz nackt das Spiel leiten. Walter fand das ungemein praktisch. Er überlegte, ob er dieses nicht auch in Deutschland von seinem Wohnzimmer aus praktizieren könnte. Sobald er hier mal keine Lust zur Pfeiferei aufbringen konnte, setzte er halt einen seiner Fußballschüler in den Sessel und begab sich in dieser Zeit standesgemäß mit dem Präsidenten der Republik Botswana auf eine Löwenjagd. Freizeit und Geldverdienen liefen parallel.

DIE ARBEITSFREUNDE KOMMEN

Wir im deutschen Wunderland der Sechzigerjahre, gesegnet mit einer boomenden Wirtschaft und einer hochtourig laufenden Industrie mit Vollbeschäftigung. Jeder Mann wurde gebraucht, wobei ihnen die Ehefrauen den Rücken freihielten. Ja, sie scheuten sich nicht, ihrem Liebsten die Pantoffeln anzuwärmen, die Kissen aufzuschütteln und die Stullen zu schmieren. Sie schenkten ihnen sogar einige Kinder, vorausgesetzt, dass ihre Schönheit nicht gerade darunter litt. Ihre Kinder im Haushalt wurden alleine groß, und so blieb ihnen noch genug Zeit, sich in der Nachbarschaft oder etwas weiter umzusehen. Nur einige alleinstehende Frauen gingen einer lächerlichen Arbeit nach.

Frau Kippenrieder aus dem Nebenhaus meinte dazu abwertend: „Die hat wohl keinen Mann, aber ein Kind läuft mit ihr rum. Na, mir soll es recht sein ich habe das nicht nötig", und rümpft dabei ihre etwas zu groß geratene Nase.

Aus der Wirtschaft und Industrie fanden sich keine Arbeiter, den anfallenden Müll wegzubringen. Wo nun und mit wessen Zutun sollte der Abfall, der inzwischen die Müllbehälter platzen ließ und die Gehwege unpassierbar machte, hin? Die Regierung zeigte sich hilflos, und die Bürgermeister und Verwaltungsleute der Städte und Dörfer rannten kopflos über die Bürgersteige und fielen in den aufgehäuften Müll. Umfragen in der Arbeitswelt blieben ohne Reaktionen. „Ich bin doch kein Kuli", hieß es immer wieder. Selbst wochenlang geschaltete Anzeigen in allen bunten Zeitungen riefen bei den Lesern nur ein abfälliges Kopfschütteln hervor.

Da kam Herrn Hinterlauf, Herrn Josef Hinterlauf, eine glänzende Idee. Er, der schon seit Jahren im Bundestag saß, vermutete, dass der Weg seiner Idee bis zur Ausführung ein kurzer sein würde. Zur Exekutive ganz oben an erster Stelle. Er ging zum Staatssekretär im Wirtschaftsministerium, Herrn Kleinschmidt, der sich gerade mit dem Schreiben seiner Doktorarbeit beschäftigte und erst unwillig abwinkte. Josef Hinterlauf ließ jedoch nicht locker.

„Herr Kleinschmidt", sprach er ihn in einer Pause, in der er von der Toilette zurückkam, an: „Sie sehen doch die Bemühungen unserer Vertreter der Städte und Gemeinden, ja, des ganzen schönen deutschen Landes."

„Mmh", rülpste der Kleinschmidt.

„Wir sind doch von so vielen Nachbarn umgeben, können wir nicht ...“

„Mmh“, wiederholte Kleinschmidt, und so redete Hinterlauf weiter, „... von dort Müllarbeiter holen?“

Wieder folgte ein „Mmh“, doch endlich schien sein Gehirn einen Lichtstrahl abzubekommen. „Ja – äh, wie heißen Sie gleich, und wo kommen Sie her? Woher haben Sie so viele Nachbarn?“

„Mein Name ist Hinterlauf“, stellte der Befragte sich vor, „wir sitzen im gleichen Parlament.“

„Ach so, entschuldigen Sie, ich bin gerade beschäftigt mit einer Recherche zum topaktuellen Thema: *Warum und wann bildete die Erfindung des ersten Rades die Grundlage für unsere Autoindustrie?* Sie wissen – meine Doktorarbeit. Ja, interessant, was Sie da sagen über Ihre Nachbarn. Werde sofort mein Büro für nähere Untersuchungen einsetzen, wie viele Nachbarn sind in Ihrer Nähe?“

„Nein, Herr Staatssekretär, ich meine die Nachbarländer wie Spanien, Italien, Polen, Türkei“, erwiderte Herr Hinterlauf und fuchtelte wild mit der Hand umher.

„Ja, ja, schon gut, trotzdem gebe ich Anweisungen an mein Büro“, beruhigte ihn Herr Kleinschmidt.

Nach zwei Monaten bat man Herrn Hinterlauf zur Mitarbeit, wobei das Büro abschließend die Türkei präventierte. Das Land zeigte sich willig und wollte Gastarbeiter entsenden.

Sie kamen erst etwas zögerlich und gingen fleißig daran, den Müll überall in Deutschland wegzuschaffen. Den Neuen gefiel es in Deutschland, weniger aber der Müll, der jedoch die deutsche Sprache nicht benötigte. Alle gaben sich zufrieden. Herr Kleinschmidt galt als großer Retter vor der Vermüllung und sonnte sich in allen bunten Zeitungsblättern.

Der Mensch kann auf Dauer nicht alleine leben, er braucht eine Familie. So kamen die Familien den Gastarbeitern nachgereist, die Ehefrauen und Kinder, die Großeltern, Schwager mit Familie. Eben einfach alle, die zu einer solchen Großfamilie gehörten. Fast jeder dieser Ankömmlinge wollte arbeiten, ausgenommen die Kinder und Ehefrauen, die ihren Männern den Rücken freihalten mussten. Wie jubelte Herr Hinterlauf über das Ergebnis seiner zündenden Idee. Alle Deutschen gaben sich zufrieden, weil viel, viel später aus den Türken Deutsche wurden und diese auf den Müll keinen Bock verspürten. Die aus der deutschen Urbevölkerung Stammenden brachten den Abfall jetzt selber weg und erlebten damit viel Freude. Auch ich als normaler Bürger freute mich unbändig. Endlich hatten wir es geschafft, die Bevölkerung durch unsere Freunde aufzuhübschen und neue interessante Sitten und Religionen zu installieren. Die neu entstandenen religiösen Bauten ergaben herrliche Städtebilder. Ich finde, dass es viel mehr davon geben könnte. Die Esskultur wurde überall erheblich ausgebaut, an jeder Ecke gab es – anstatt der alten uninteressanten Hähnchen- und Bockwurstbuden – herrlich ausgestattete Döneretablissiments.

Aischa heiratete meinen Bruder, und die vielen herzigen Kinder aus dieser Ehe bildeten den Stolz der ganzen Familie. Nur meiner Mutter war die Anzahl der Kinder zu groß, sie litt an Asthma und konnte die Kinder nicht mehr so oft die Treppen hinauftragen.

Der Staatssekretär, Herr Kleinschmidt, erhielt für diese seine Leistung den höchsten Bundesorden und einen Vertrag als Staatssekretär auf Lebenszeit. Zurzeit war er damit beschäftigt, den Vorwurf, als Plagiator seiner Doktorarbeit zu gelten, auszuräumen. Herr Hinterlauf wurde bei der nächsten Bundestagswahl nicht wieder gewählt und musste sich noch mehrere Jahre den Harz-IV-Vergnügungen und später der Suppenküche zuwenden. Der Beamte aus dem Bereich des Staatssekretärs saß noch bis zu seinem frühen Tode auf seinem Posten.

Ich gratulierte dem verehrten Herrn Staatsekretär begeistert zu seiner Auszeichnung. Nach meiner Frage, „ob er alles wieder so mit unseren Arbeitsfreunden machen würde", antwortete er mir, „nein, so nicht, vielleicht anders", und schüttelte mir ganz herzlich die Hand.

DIE PREUSSEN SIND NOCH DA

Das Preußentum ist nicht mehr vorhanden. Die Monarchie ist weg, die Preußenkönige sind weg. Abgesehen von einigen Nachfolgern, die noch die musealen Besitzungen verwalten, aber nichts mehr zu sagen haben. Der letzte Preußenkönig und deutscher Kaiser, der uns den 1. Weltkrieg einbrockte, hat abgedankt und ist im Exil gestorben. Der Vater des Alten Fritz gilt als der Nachbereiter der Preußen und deren Tugenden – sie stecken bis zum heutigen Tage in den Knochen der Deutschen. Nicht der Absolutismus (oder vielleicht doch noch, wenn Handlungen der demokratischen Regierung überprüft würden), jedoch die Tugenden. Diese sind zum Teil gefürchtet, im Ausland überwiegend geschätzt. Wobei zu beobachten ist, dass einige Staaten dieses Verhalten ihrer Bevölkerung andienen.

Es geht nicht um einen Großteil der Deutschen, auch nicht um andere Völker, sondern um meine einzige Ehefrau, die mir genau diese Tugenden vorführt, und meine fragwürdigen Tugenden versucht abzuführen. All diese Tugenden finden in einer unserer Töchter eine ruhmreiche Fortsetzung.

Bei längeren oder kürzeren Abwesenheiten meiner hervorragenden Ehefrau vom heimischen Herd wird für mich ein Verhaltens- und Aufgabenspiegel ausgearbeitet, der von den normalen Haushaltsaufgaben ausgeht, alle auftretenden Eventualitäten und Zufallseintritte beinhaltet und darüber eine Anweisung ausweist. Der Denkapparat des Nutzers wird nicht benötigt, ja nicht einmal einbezogen, er ist vernachlässigbar klein. Zu jedem Vorkommnis existiert eine Anweisung. Dieser Aufgaben- und Verhaltensspiegel muss noch am letzten Tag der Anwesenheit der vortrefflichen Ehefrau von mir studiert werden, um mögliche Fragen zu klären und den Inhalt zu verinnerlichen.

Zuerst ist an jedem Tag die Küche zweimal zu fegen. Sollte der Besen entzweigehen, dann die eigene Reparatur versuchen. Falls nicht, gibt es den Hinweis zum Kauf eines neuen Besens, dazu in welchem Geschäft, wie teuer darf er sein, und die Auskunft, wo die Geldbörse liegt und aus welchem Fach der Börse das Geld zu entnehmen ist. Hinsichtlich der Geschäfte gibt es noch eine schriftliche Auswahl.

Das normale Einkaufen, festgelegt an welchen Tagen und in welcher Einkaufsstelle mit passenden Alternativen zu anderen Einkaufsstellen.

So zum Beispiel: Schnittkäse 400 Gramm Edamer zu 1,49 €. Bei Aldi, wenn nicht bei Lidl, Kaiser, EDK, Netto (auf den Preis achten!). Geldbörse liegt im Küchenschrank unteres Fach, zweites Geldfach in der Börse, Wechselgeld drittes Geldfach. Wenn dieser Käse nicht am festgelegten Tag zu erhalten ist, dann den nächsten angegebenen Einkaufstag dazu nutzen.

Oder nach dem Nächtigen allein im gemeinsamen Schlafzimmer: Fenster weit öffnen, Schlafanzug zum Lüften in den Fensterzug hängen, Bett und Kopfkissen aufschütteln. Zusammenlegen des Bettes von rechts nach links (die Knopfseite nach innen legen). Überdecke legen und ausrichten, damit sie keine Falten schlägt – glatt streichen. Nach 36,5 Minuten das Fenster und die Schlafzimmertür schließen.

Für Frühstück, Mittag- und Abendbrot genaue zeitliche Anweisungen. Was zu essen und zu kochen ist mit beigefügter Kochanleitung. Mein Nachbar Ewald Krummholz beneidete mich um meine Ehefrau: „Wie sie das so alles macht, und wie du das hinbekommst, einfach fantastisch." Ich habe keine Zeit für einen längeren Plausch mit Ewald, was der Mann sofort versteht.

Die Vorbereitung und Durchführung des Urlaubs ist ein logistisches Kunstwerk, meine Liebste übertrifft sich da komplett. Reinweg nichts wird dem Zufall überlassen. Vom Zuschicken der Prospekte, Einholen der Kostenangebote, telefonischen Umfragen über den Urlaubsort bis hin zu einer Vorbesichtigung vor Ort durch einen organisierten Stab aus der Familie, Wanderkartenkauf, Veranstaltungen am Urlaubsort. Hierzu gibt es einen genauen Ablaufplan, was am Urlaubsort unternommen wird, an welchem Tag und zu welcher Zeit. Die Buchung und Bezahlung entpuppt sich als eine notwendige Formsache.

Das Packen des Koffers anschließend mit genauer Inhaltsangabe und unter dem Gesichtspunkt, in welcher Ecke des Koffers was zu finden sei. Unsere Ankunft am Urlaubsort gaben wir dem Hotel oder anderen Unterkunft bekannt, und meine Ehefrau hatte ein Redekonzept für die Begrüßung am Ort ausgearbeitet.

Hinsichtlich der Berufsauswahl unserer Töchter fand im Familienkreis erst eine kleine interne Aussprache mit einer Gewissens- und Wunschforschung statt, ehe wir dann die gesamte Verwandtschaft ins Hotel Esplanade einluden, um die Erfahrungen auszuwerten und eventuell neue Ideen zu ventilieren. Vorher gab es natürlich noch intensive Forschungen über mögliche Ausbildungs- und Studienstätten. Onkel Fritz, der zum Hotel anreiste, kam ganz schön ins Schwitzen und meinte gar, ob „wir nicht etwas übertrieben". Daraufhin verwies ich ihn an meine Chefin, der nichts entgehen durfte.

Wir waren Mitglied in einem Gartenverein und besaßen einen kleinen Pachtgarten. Die Beete legte mein Prachtweib in militärischer Ordnung an, alles exakt ausgerichtet in Reih und Glied. Die Saateinbringung entsprechend der früheren Dreifelderwirtschaft, was sie dann – aufgrund der Unsicherheiten im Anbau – eigenmächtig auf die Vierfelderwirtschaft ausdehnte. Die Vorbereitung und Ernte standen terminlich fest. So passierte es schon mal, dass sich die Witterung nicht nach den vorgegebenen Terminen meiner Frau richtete, sodass wir die Tomaten grün ernteten oder die Erdbeeren verfaulten, da sie zu früh oder zu spät reif wurden. Mit dem Kantenmäher rasierte sie jedes noch so kleine Gräslein. Hinter dem Geräteschuppen, der dicht am Zaun stand, wagte sich ungeachtet dessen Gras zu wachsen. Da wir aber nicht hinter den Schuppen gelangten, musste ich jedes Mal den Zaun ab- und dann wieder aufbauen.

Der Gartennachbar Oleg Benediktus strahlte über das ganze Gesicht, wenn er meine Ehefrau so arbeiten sah. Er kam aus Siebenbürgen, wo er die preußische Ordnung den Rumänen beibrachte. Also kalkte er seine Bäume und erfand die fünfmalige Kompostumsetzung. Irgendwann riss er den Zaun zwischen unseren Parzellen weg, um die Ordnung meiner Ehefrau besser genießen zu können. „Was für eine prächtige Ehefrau hast du da, Maxim", schwärmte er mich an, „Du bist ein wahrer Glückspilz. Meine Lieselotte ist eine gute, aber nicht sehr gute Ehefrau. Sie überlässt mir die ganze Gartenarbeit und kümmert sich zu Hause nur um ihre Kanarienvogelzucht."

Manchmal kamen mir schon Zweifel an der steten Umtriebigkeit meiner Allerliebsten, ob sie und die Kinder das alles durchhalten würden. Auf meine Fragen diesbezüglich winkte sie nur flott ab und entgegnete dazu: „Ich könnte noch unsere Nachbarn im Hause auf Vordermann bringen, ewig stellt er sein Auto nicht zwischen die zwei weißen Abgrenzungslinien. Ja, ich kann mir schon denken, wie es bei dem in der Wohnung aussieht, ungeordnet und schlecht organisiert."

Einmal ereilte uns fast ein Unglück. Ich verabredete mit meiner Tochter einen Treff- und dazugehörigen Zeitpunkt in der Stadt, um mit ihr gemeinsam Winterschuhe zu kaufen. Es war ein sehr, sehr kalter Wintertag. Unversehens musste ich eine dringende Dienstreise antreten und konnte meine Tochter nicht benachrichtigen, da es zu dieser Zeit noch kein Handy gab und wir auch auf ein Telefon erst zwölf Jahre warteten. Folglich stand sie mehrere Stunden am verabredeten Ort und konnte nicht verstehen, dass ich den Termin nicht einhielt. Sie fiel dann um und wurde mit Erfrierungen vom Notdienst zur Rettungsstelle und anschließend ins Krankenhaus gebracht. Wir waren echt froh, dass aufmerksame Passanten sie bemerkten, als sie so da lag. Ich rannte nach der Dienstreise noch zu unserem Treffpunkt, fand sie aber nicht mehr und ging beunruhigt nach Hause, wo schon ein Vertreter des Krankenhauses bei meiner Ehefrau Bericht erstattete. Nach einer Woche kam unsere Tochter wieder gesund nach Hause, und meine Preußin arbeitete emsig an einem neuen Papier, was in solch einem Fall zu machen wäre.

68

sie bemerkten, als sie so da lag. Ich rannte nach der Dienstreise noch zu unserem Treffpunkt, fand sie aber nicht mehr und ging beunruhigt nach Hause, wo schon ein Vertreter des Krankenhauses bei meiner Ehefrau Bericht erstattete. Nach einer Woche kam unsere Tochter wieder gesund nach Hause, und meine Preußin arbeitete emsig an einem neuen Papier, was in solch einem Fall zu machen wäre.

MEINE NACHBARIN

Wir wohnten in einem Mietshaus in der Großstadt, eigentlich in einem Mietsreihenhaus mit vier Aufgängen und jeweils sechs Wohnungen. Meine Nachbarin und ich bewohnten die zweite Etage. Gelegentlich, wenn wir aus der Tür traten und die Augen noch nicht offen hielten, konnte es passieren, dass wir zusammenstießen oder uns in die Arme fielen.

Renate Weißmüller, so hieß meine Nachbarin, hielt nach ihrem Wohnungsdebüt vor 35 Jahren solange schon ihre Unterkunft in Ordnung. Da nahmen sich meine vier Jahre recht mager aus, die ich in dieser schönen Umgebung und meiner schnuckelig eingerichteten Wohnung verbrachte. Mein Mann bezog auf dem Dorf ein großes Haus, weil ich seine lauten Schlafgeräusche nicht mehr ertrug. Dank seiner stoßweisen heftigen Atemzüge wies ich bereits wellige Haare auf, und auch die Ohren signalisierten langsam Taubheitsgefühle. Jetzt gelangten diese Wellen vom Dorfe soweit abgeschwächt zu mir, dass ich nur noch einen Hauch auf meiner Bettdecke verspürte.

Nach langer Zeit lud ich unseren Familienfreund Leo und meine liebe Nachbarin Renate zu einem Nachmittagskaffee ein. Sie hüpfte pünktlich, wie verabredet, durch die Tür und schaute unseren Freund Leo mit einem Lächeln tief in die Augen, ehe sie ihren Redefluss eröffnete. Renate sah reizend aus, da sie ihre kosmetische und designerische Aufrüstung nicht verbarg. Einfach ein Muster altersgerechter Schönheit. Mein Freund Leo ergab sich ihrem Aussehen und den nicht stockenden Reden.

Ihre Wohnung sollte nach 35 Jahren generalüberholt werden, einschließlich der Veränderung ihres Möbelstockes. Im Mittelpunkt des Möbelaustausches stand der große Eckkleiderschrank in ihrem Schlafzimmer, der ebenfalls nach 35 Jahren das Verfallsdatum erreichte. Inzwischen konnte sie das gute Stück nicht mehr sehen.

„Renate", sagte sie zu ihrer Person, „Renate, der Schrank ist noch wie neu, nur die Farbe muss weiß sein." Sie redete öfter so auch am Kaffeetisch.

„Renate", sprach sie wieder, „wenn schon ein Kleiderschrank, dann mit allen Raffinessen in der Ausstattung. Kommt mal gleich mit rüber, ich führe euch alles vor."

Wir sprangen auf und folgten Renate über den Flur in ihre Wohnung.

Ein Monstrum von Schrank, der glatt ein Drittel des Zimmers beanspruchte, empfing uns daraufhin. Mit einer Fernbedienung öffnete sie die Schranktür am Kleiderfach. Die Stangen mit den aufgehängten Kleidern sprangen einzeln nach Knopfdruck heraus und brauchten nur abgenommen werden. Eine Heizung wärmte die edlen Stücke auf Körperwärme von 37 Grad vor. Als nächstes sprang mit Knopfdruck das Unterwäschefach auf mit leiser Musik: „Üb immer treu und Redlichkeit…." Aus dem Slipfach und demjenigen mit den Büstenhaltern ertönte daraufhin der Schlager: „Halt dich fest, halt dich fest, Marie."

Dort lagen sie nun geordnet nach Farbe, für gewisse extravagante Gelegenheiten und normale Tageszeiten. Ein Knaller – ihre Unterröcke, die in allen erdenklichen Farben und mit verschiedenen Duftnoten versehen an luftigen Stangen hingen, fast schon schwebten. Da der Schrank im Schlafzimmer unmittelbar vor dem Bett stand, strahlten dessen Wände Fernsehprogramme ab, ja, es konnten an einem großen Table Bücher nach einer digitalen Aufladung gelesen werden.

„Eigentlich brauche ich nicht mehr aus dem Bett zu steigen, jede Information und jedes Vergnügen kann ich genießen", schwärmte Renate.

Unser Freund schaute sie dann zweifelnd an: „Wirklich jedes Vergnügen oder fehlt da noch was?"

„Ich habe keinen Freund", entgegnete sie daraufhin spitz.

Ganz oben in einer Ecke vor der Endleiste des Schrankes entdeckten wir noch einen Radiolautsprecher für abendliche Schmusemusik. Dieses Prachtstück kostete im Angebot 15.723 Euro, das sie innerhalb von 25 Jahren abzahlen musste.

Renate sagte wieder: „Renate, wenn schon, denn schon. Schließlich soll er für alle Gelegenheiten, wenn nötig auch für Stunden zu zweit sein", was sie jetzt mit einem Blick auf meinen Besuch kategorisch ausschloss.

Wir kehrten nach dieser Exkursion an den Kaffeetisch in meine Wohnung zurück. In den nächsten Stunden erklärte uns Renate Weißmüller jeden Handwerkerhandgriff, der in ihrer Wohnung notwendig wäre. So müsste der Tisch in der Küche versetzt werden, um mit einem Spachtel die Wand zu bearbeiten. Dies jedoch von rechts nach links und von oben nach unten und das alles völlig gleichmäßig. Zwischendurch telefonierte sie mit mindestens zehn Renovierungsfirmen. Plötzlich rückten Handwerker mit einer Fußbodenschleifmaschine an und rannten in meine Küche, die sie sofort bearbeiten wollten. Zum Glück konnten sie von Renate ganz schnell in ihre Wohnung umgeleitet werden, wo sie sofort begannen, die Dielen abzuschleifen. Die Fensterbauer klopften an die Tür und rissen sofort die Fenster in Renates Wohnzimmer heraus, sodass der ganze Schleifstaub über den Flur in meine Wohnung gelangte. In den Kaffeetassen bildete sich ein Staubfilm, und die Torte erhielt einen leckeren Überzug.

Mein Besucher Leo meinte lapidar: „Hier fehlt nur noch ein kleiner Brand, dann hätten wir einen leckeren Aschenkuchen."

Die Türen beider Wohnungen mussten geöffnet bleiben, damit Renate keine Wünsche und Fragen der Handwerker verpasste, denn Zeit ist bekanntlich Geld. Die Maler fingen in der Küche an und beschäftigten sich mit dem blauen Karo, das an der Decke prangte. Es sollte aufgrund seines Alters denkmalgeschützt sein, und da galt äußerste Vorsicht. Einer der Maler wollte gar den berühmten Kunstmaler Gerhard Richter an dem Karo erkannt haben. Dieses wieder so herzurichten, wie es einst war, forderte dem Meister alle Kunstfertigkeit ab. Um den richtigen Farbton zu finden, probierte man Hunderte Farbmischungen und Farbqualitäten aus und forderte immer wieder den Widerspruch meiner Nachbarin heraus.

Die von mir liebevoll hergestellte Torte erreichte ihre volle Würdigung von Renate. Ich schnitt sie zu 16 Stücken zurecht und schlug dazu noch einen Liter Sahne. Mein Freund Leo und ich gaben, nach jeweils zwei Stücken wegen Überfüllung des Magens, den weiteren Verzehr auf, während Renate kräftig zulangte und ich noch einen weiteren Liter Sahne schlagen durfte. In der Zwischenzeit erzählte Renate viele Schwänke aus ihrer Jugendzeit. Sie trank als Kind, so erzählte sie, immer die rote Korrekturtinte ihres Lehrers aus und erhielt so ihre herrliche rote Haarfarbe. Mir kam es vor, einer kosmetischen Lüge aufzusitzen, die dem Friseur anzulasten wäre. Durch ihren ständigen Wortschwall stellte sich meinem Freund Leo der Verdacht, dass sie beim Küssen sicher mit der einen Mundseite weiterredete, von den Sexspielen mal ganz abgesehen. Über ihren beharrlichen Redefluss verstummte unsere eigene Unterhaltung. Mein Freund zeigte Müdigkeits- und Zerfallserscheinungen, er konnte sich gerade noch von seinem Stuhl erheben, um sich zu verabschieden. Seine Verabschiedungsumarmung bei Renate musste Leo abbrechen, da er vor Entkräftung den Halt verlor und mit den Händen dann ins Leere griff.

Renate redete nach seinem Abgang ungestört über Arbeitsaufwand und die Neuanschaffungen in ihrer Wohnung weiter. Der Rest der Torte und der zweite Liter geschlagener Sahne verschwanden während ihren Erzählungen und trotz der Handwerkerempfänge genießerisch zwischen ihren Zähnen, und sie schaute sich bereits nach dem Abendbrot um, das ich auftischte. Nachdem auch diese Leckereien das Irdische verließen, setzte sie bis weit nach Mitternacht ihre Rederei fort.

„Renate", bemerkte sie, „so schnell kommst du nicht wieder zu deiner Nachbarin."

Meine Andeutungen, dass ich bereits müde sei, ignorierte sie. Indes ging bei mir der Geduldspegel nach unten und der Wutpegel nach oben. Meine Unruhe ließ mich regelrecht zerfallen, sodass ich vor ihr auf die Knie fiel und sie händeringend bat, mich zu schonen und möglichst in ihre Wohnung zu verschwinden.

Da sie alles vorgesetzte Essbare vertilgt hatte, meinte sie ungerührt: „Weißt du, Marita, du hast recht. Ich gehe jetzt, denn morgen ist ja auch noch ein Tag für weitere Gespräche.“

Am nächsten Tag entfernten die Fensterbauer die restlichen Fenster in Renates Wohnung, was dazu führte, dass sie sich bei mir einquartierte.

„Nein, Renate“, redete sie zu sich selbst, „deine wertvollen Sachen kannst du nicht einfach in deiner Wohnung liegen lassen – wer weiß, die Handwerker und so.“

Ihre kostbaren Pelze aus echtem Hauskanin, die Schmuckschatulle mit den echten Similisteinchen und ihr Sparschwein mit echten Centstücken, die meine Wohnung enorm aufwerteten, übergab sie getrost mir. Ich überlegte einen Versicherungsvertrag abzuschließen, um die wertvollen Stücke nicht einbruchssicher in meiner Wohnung herumliegen zu lassen. Renate nahm sofort Verhandlungen mit einem Versicherungsmakler auf, der für ein Jahr einen hohen Vertrag abschloss. Dessen Rechnung überreichte sie mir zur Bezahlung mit dem Hinweis: „Das ist ja deine Wohnung“, und verschwand in meinem Schlafzimmer. Nach einem fröhlich in meiner Wohnung verbrachten Weihnachtsfest mit ihren zehn Freundinnen erklärte sie, dass ihre Wohnung nach einem halben Jahr wohl fertig wäre, wenn man bis dahin nicht einige der Wände eingerissen hätte. Allein deshalb, um von der Küche schnell ins Bad zu gelangen, weil sie nach dem Essen doch immer Schwierigkeiten mit dem Toilettengang bekam.

„Ich werde Dir die Freude machen, liebe Marita, und bis dahin noch deine Wohnung nutzen. Den Versicherungsvertrag für all meine Kostbarkeiten kannst du ja verlängern.“

Renates Wohnung konnte nach einem Jahr bezogen werden, doch sie vermietete diese weiter mit dem Hinweis: „Wunderbar, jetzt kann ich schneller die Raten für meinen Schrank bezahlen.“

Ich erlitt danach einen Nervenzusammenbruch, der Renate doch sehr verwunderte. Einem Psychologen brachte ich dann für eine sehr lange Zeit einen sicheren Verdienst ein.

DER FRÖHLICHE AUTOCRASH

Gemütlich saß ich auf unserem Wohnzimmersofa und dachte an die Zeit der kalten Winter und heißen Sommer. Der Spätherbsttag drang durch die Fensterscheibe, kroch hinter meinem Rücken die Sofalehne hinauf und verfing sich in meinem Teeglas, das vor mir auf dem Tisch stand. Gerade als ich mein Teeglas für einen Schluck des gesunden, grässlich schmeckenden, grünen Gebräus anhob, klingelte das Telefon. „Aha“, dachte ich, „meine Ehefrau hat ihr Fahrziel erreicht und will mir dieses mitteilen.“ Die Anruferin – unsere liebste Freundin – teilte mir jedoch mit, dass ihr Lyrikbändchen bald erscheinen und sie mir jetzt einige Passagen daraus vorlesen werde.

Wie zum Beispiel: „Die Sonne neigt sich im Gebet, die Luft verspricht den Atem, wir leben noch, sieh wie es webt, die Rose steht im Garten.“

Dann folgte noch ein Gedicht, das die Länge von Schillers *Lied von der Glocke* einnahm und mit den schönen Worten endete: „Nun denn es tu' – und geh zur Ruh.“

Hingerissen lauschte ich diesen und noch einigen anderen Worten, die nach einer reichlichen Stunde ihr Ende fanden. Diese ließen mich nicht mehr los, und ich begann darüber lange nachzudenken, da riss mich der schrille Ton des Telefons aus meinen Gedanken.

Es meldete sich meine Ehefrau: „Ich hatte gerade einen Autounfall.“

Mir drangen nach den eben gehörten lyrischen Schönheiten die Haarwurzeln in den Unterkiefer.

Sie beruhigte mich gleich darauf: „Es ist nichts passiert, nur das Auto wird nicht mehr fahren.“

Zitternd fuhr mich mein Nachbar zum Ort des Geschehens. Die Polizei und der Fahrer des gerammten Autos beruhigten gerade meine Sonne. Ich konnte mich vom Hergang des Vorfalls informieren und meinte, dass wir in diesem Jahr noch keinen nachhaltigen Höhepunkt aufweisen konnten. Endlich gab es ihn – diesen Höhepunkt! Meine vorbildliche Ehefrau, die noch keinen unbedachten Schritt – auch nicht in Gedanken – tat, ließ sich aus der Ruhe bringen. Ein Flegel beleidigte sie während eines Stop-and-go-Vorganges auf einer Hauptstraße, indem er aus seinem Auto sprang, sie unflätig beschimpfte und dann unbeherrscht an ihre Autoscheibe spie. Sie trat mit letzter Kraft auf das Gaspedal und landete mit Wucht auf dem

„Hinterteil“ eines vor ihr bremsenden Autos. Endlich, so freute ich mich (jedoch nicht allzu sehr), da sie vergnügt und etwas aufgeregt, aber völlig unverletzt aus dem Wagen stieg und die Polizei aktiv wurde, endlich ist es passiert. Die perfekte Hausfrau schaffte es tatsächlich, einen perfekten Unfall zu produzieren.

Während ich nun das Auto von vorn betrachtete, kam mir der Anblick irgendwie bekannt vor. So etwas sah ich erst vor kurzer Zeit, dieser Ausdruck fast ein Gesichtsausdruck, genau mittig getroffen. Alles hing rechts und links herunter, die Haube eingedrückt, die beiden Lampen glotzten in die Gegend. Plötzlich kam mir die Erleuchtung. Genauso hing die Flappe der Kanzlerin herunter, als sie nach Abschluss des Koalitionsvertrages feststellte, dass der Staat kein Geld für die gar so freudig ausgehandelten Dinge vorweisen konnte. Sofort spürte ich eine Seelenverwandtschaft mit dieser geplagten Frau. Wir befanden uns praktisch beide in der gleichen Lage, wir mussten beide einen Kredit aufnehmen. Steuererhöhungen in solchen Fällen schloss sie jetzt aus, und mir nützten sie nichts. Wie war ich froh, endlich ein echtes Erlebnis, das lange haften würde und dann noch auf einer Welle mit der Kanzlerin – unbeschreiblich.

Am Tatort konnte ich mich von der exakten Arbeit meiner Einzigen überzeugen. Sie traf zielgenau und gerade mit voller Wucht das Hinterteil des vor ihr verkehrsbedingt haltenden Autos. Exakt in der Mitte beulte die Haube auseinander. Die Schürzenteile lagen genau rechts und links auf der Straße, und die Kotflügel wiesen ganz gleichmäßig recht wie links Eindellungen auf. Die Rücklichter schauten glotzend geradeaus. Ich war stolz, einfach nur stolz auf diese beispielhafte Treffsicherheit.

Für mich begann der Stress am nächsten Tag zu Hause. Das Telefon klingelte pausenlos, alle Freunde und Bekannten verlangten meine Ehegattin zu sprechen. Wie geht es dir, bist du verletzt, sicher hast du einen Schock? Es waren uns überwiegend total fremde Leute, die anriefen. Tagelang, ja wochenlang immer wieder dieselben Anrufe und Fragen: Wie geht's, was macht die Gesundheit? Einer war mit seiner Familie ins Krankenhaus gegangen, welches danach anrief und wissen wollte, wann sie den Notdienst schicken sollten. Einige wollten sich erkundigen, ob sie vor dem Crash noch einen Kaffee getrunken oder ihre Jacke versehentlich gewechselt hatte. Die Anrufe und Fragen nahmen einfach kein Ende. Mein Freund Gregor Radusch schlug vor, ein Tonband mit ausreichenden Aussagen zum Unfallhergang, den persönlichen Befindlichkeiten, der herrschenden Temperatur und der Phonzahl des Crashs aufzunehmen und den jeweiligen Anrufern vorzuspielen. Ich verwarf seinen Plan, weil doch der Hörer jedes Mal abgehoben werden musste und es folglich zu Lähmungserscheinungen des Armes kommen könnte. Mein Enkel arbeitete schließlich an einer vollelektronischen Lösung, die leider nicht mehr vor dem Ende der weiteren Anrufe fertig wurde. Tante Mia aus Neu York rief fünf Wochen nach dem Crash an und meinte, meine Ehefrau sollte besser die Straßenbahn nehmen, die in Berlin nach dem Zweiten Weltkrieg wohl noch fahren müsste. Von Onkel Albert aus Dresden kam der Vorschlag, im Winter die Ski zu benutzen und im Sommer sich vielleicht Pferd und Wagen anzuschaffen, weil ein Pferd mit Sicherheit nicht auf den Vordermann krachen wird. Dem Pferd und Wagen gaben wir den Vorzug, nur leider fehlte in der Stadt ein Stall, und mit dem Futter für das Pferd war es nicht so einfach.

Nach all diesen Zuwendungen bemerkte ich die ersten Auflösungserscheinungen bei meiner Liebsten. Sie konnte nicht mehr schlafen, das Essen schmeckte nicht, und der Arzt diagnostizierte psychosomatische Schäden, die dringend zu behandeln wären. Nach einem Jahr wöchentlicher Sitzungen konnte sie wieder geradeaus laufen und ihre neue Mütze alleine aufsetzen. Nach zwei Jahren nahm sie auch wieder Autos wahr, und unser längst reparierte Wagen lud sie zu einer Probefahrt ein, indem er die Tür öffnete, sie dann auf den Fahrersitz hievte und nicht mehr alleine fahren ließ.

DIE GROSSE TIERLIEBE

Meine Tochter, von inniger Tierliebe geprägt, wendete sich entsprechend ihres jeweiligen Alters einem Tier zu. In den Ferien, auf dem Bauernhof ihres Onkels, den Kühen und deren Nachwuchs. Auch die beiden riesigen Schäferhunde fand sie ganz cool, und selbst den Pferden konnte sie etwas abgewinnen, obwohl diese ihr zu groß erschienen.

Wieder zu Hause in der Stadt weinte sie jeder Katze, die sie sah, hinterher: „Wo soll das Kätzchen nur hin, wenn es hier umherläuft und kein Zuhause findet? Ich nehme es mit in mein Zimmer und werde es füttern. Ja, und es kann bei mir im Bett mit schlafen."

Ich war gegen ein Haustier, die andere Tochter dafür und meine Liebste unentschieden. Ein Tier, das die Wohnung um einen lebenden Bewohner bereichert, das immer gepflegt, gewartet, gefüttert und beschnäbelt werden soll, fand ich schlichtweg belastend. Jahrelang weigerte ich mich, die Vorteile eines Tieres im Haushalt anzuerkennen.

„Ein Tier ist so lieb, es kann gefüttert werden, es schaut dich aus treuen Augen an und kann sogar stubenrein erzogen werden", und die Gegenpartei meinte sogar, „sieh doch, wenn wir uns Mühe geben, bekommt es auch Kinderchen, die dann ganz süß durch die Wohnung wackeln."

Sie dachten dabei an ein Kälbchen, das später als Kuh Milch geben würde, die wir folglich nicht mehr zu kaufen brauchten. Die Angriffe nahmen ungeahnte Formen an, man drohte mir mit Hungerstreik und Faulheit in der Schule. Ich wehrte mich nun gegen die gesamte Familie, da auch die Großeltern mit einbezogen wurden. Entnervt gab ich irgendwann auf und erklärte meine Niederlage.

Gut, wenn schon kein Kälbchen, (es konnte nicht die Treppe hinauflaufen), dann sollte es eben eine Katze sein nach dem Wunsch meiner Tochter Anja.

„Nein, auf keinen Fall", erhob ich energischen Widerspruch, um mein Gesicht noch zu wahren, und unterbreitete den Vorschlag, einen Goldhamster in die Wohnung zu nehmen. Mein Arbeitskollege verfügte über einen Wurf mehrerer Goldhamster, die er liebend gern loswerden wollte. Also adoptierten wir einen Goldhamster, bei mehreren weigerte ich mich mit Erfolg. Albert Slatow versicherte, dass die Tierchen ganz harmlos wären. Ansonsten würden sie den ganzen Tag über schlafen, nur nachts manchmal etwas aktiv sein und dann im Laufrad, das sie unbedingt bräuchten, umherkreisen.

„Öle die Achse nur gut, dann läuft das Rad ganz leise, und ihr hört garantiert nichts."

Der Goldhamster zog in den vorbereiteten Käfig. Ein possierliches Tierchen mit seinen schwarzen Knopfaugen, die einen so schön ausdruckslos anstarrten.

„Er ist ja ganz nackt und wird frieren, das schöne dünne goldige Fell, ach, und in unserer Wohnung ist es im Winter so kalt", bemerkte seine Pflegemutter Anja.

Sie nähte ihm einen Anzug, zog ihm diesen über und wunderte sich, dass Karli – so sein gegebener Taufname – versuchte, das Gewand loszuwerden. Ein Vorhaben, welches ihm nicht gelang. Er sah darin doch so hübsch aus. Anja bemerkte erst zu spät, dass Karlis Anzug ganz nass wurde und einen unangenehmen Geruch ausstrahlte – ja, er stank fürchterlich. Seine Tages- und Nachtaktivitäten richteten sich nicht nach den unsrigen. Wenn er schlief, beschäftigten wir uns, während sich bei Karli nachts ein starker Bewegungsdrang einstellte. Seine Eigenlaute hielt er zurück, nur seine vier Beine betätigten sich die ganze Nacht, wobei er das Laufrad, in das er hineinkroch, pausenlos in Schwung hielt. Ich überlegte, ob die Kraft, die Karli in das Rad hineinlegte, nicht in Elektroenergie umzuwandeln wäre, indem ich das Rad mit einem Dynamo koppeln könnte. Vorsichtig nahm ich Gespräche mit Vertretern der Energiewirtschaft auf und bot die Leistung unseres Goldhamsters an. Die Experten winkten ab und meinten, ein solcher Aufwand würde sich erst bei zehntausend Goldhamstern lohnen. Meiner Tochter wollte ich diesen Vorschlag der Energiewirtschaftler nicht unterbreiten.

Karli entwickelte sich weiterhin prächtig. Er galt bald als Liebling der ganzen Familie und aller Besucher, die bei uns nur mal rasch vorbeischauten. So schön wie er schlief keiner tagsüber.

Anja meinte besorgt: „Ach, wenn er so Nacht für Nacht in dem Rad strampelt, könne ihm doch schwindelig werden und das seiner Gesundheit schaden."

Sie passte ihm ein Halsband an und spazierte nachts erst mit ihm im Zimmer und später auf der Straße entlang. Ja, sie gewöhnte Karli bald an, dass er an jedem Baum und jeder Laterne das Hinterbein hob und „Pipi" machte. Aufgrund dieser nächtlichen Streifzüge schlief Anja in der Schule öfters ein. Sie konnte sich an den Rhythmus ihres Pfleglings nicht gewöhnen. Diese Aktivitäten meiner Tochter sah ich mit größter Freude, da sie in der Schule spontan höhere Zahlen in den Leistungsnoten bekam, die im engen Verhältnis zu ihrem täglichen Schlafbedürfnis standen. Möglicherweise ein Anlass, dass sie diese Klassenstufe nochmals durchlaufen könnte. Anja meldete sich bei einer Rhönradgruppe an. Dabei stellte sie fest, dass sie sich mit dem Rad drehte und nicht wie Karli, der nur das Rad drehte. So wurde ihr klar, dass Karli gar nicht schwindelig werden konnte. Leider fanden die Trainings- und Wettkampfzeiten tagsüber statt. Nach dieser Erkenntnis wechselte meine Tochter dann in ein Fitnessstudio, wo sie ein Laufband strapazierte, um so Karlis nächtlicher Trainingsmethode ähnlich zu sein.

Nach einiger Zeit hielten wir auf meinen Vorschlag hin einen Familienrat ab, denn wir beabsichtigten, die nächtlichen Ausflüge meiner Tochter mit Karli zu reduzieren. Das Ergebnis war ganz einfach und wirksam zu sehen. Wir ließen die Käfigtür nachts auf, sodass Karli sich frei in der Wohnung bewegen konnte. Er tauchte des Nachts manchmal in einem Bett auf, ansonsten hielt er sich in Spaziergängen auf dem Fußboden und auf den Teppichen auf, die wir dann jede Wochen zur Reinigung brachten.. Hiermit sollte der Geruch unterbunden werden, denn Karli hatte eine empfindliche Nase. Tante Rita, die einige Tage bei uns zu Besuch weilte, schrie eines Nachts fürchterlich auf. Der liebe, kleine Kerl überraschte sie im Schlaf, weil er es sich in ihrer Haarpracht gemütlich gemacht hatte. Am nächsten Tag reiste sie ab, was ich sehr begrüßte. Nein, so konnte man mit unserem Mitbewohner weder umgehen geschweige denn ihn erschrecken. Die ständige Reinigung unserer Teppiche riss ein gar auffälliges Loch in die Haushaltskasse, und wir überlegten, wie Karli ein ziviler Umgang mit seiner eigenen Grundver- und Entsorgung beizubringen sei.

Eines Tages kam ich sehr spät nach Hause, da ich eine längere Besprechung mit einem Teppichhändler hatte. Von ihm wollte ich wissen, ob ein Teppichaustausch möglich sei, und vergaß nach meiner Heimkehr, die Türen richtig zu schließen. Karli war am nächsten Tage verschwunden. Er hatte es einfach mit uns satt und gab seinem Freiheitsdrang nach. Wir warteten zwei Tage, ob er sich das Ganze überlegen und zu uns zurückkehren würde. Danach verständigten wir die Polizei, die alsbald mit einer Hundertschaft auf die Suche ging, ohne nach einer Woche ein Ergebnis zu verkünden. Sogar eine Hundestaffel mit dem vorher erschnüffelten Geruch aus unseren Teppichen blieb ergebnislos. Ich schickte unserem Hausfreund in Gedanken freudige Wünsche hinterher und hoffte inständig, dass er in Freiheit ein anderes Rad drehte. Anja konnte ich gerade noch vor einem Selbstmordversuch retten, dem ich ebenfalls sehr nahe war. Allein schon deshalb, weil der Einsatz der Polizei uns zahlungsunfähig machte und ich in Privatinsolvenz ging.

DIE WAHL

Die Pappeln wuchsen in kurzer Zeit bis zur Höhe des zehnten Stockwerkes des in den sechziger Jahren erbauten Hauses. Vor erst vier Jahren kappten Männer mit Kettensägen diese Bäume bis zum fünften Stock herunter, nun drängen sie wieder in die Höhe. Sie hatten nicht die Möglichkeit, ja nicht einmal die Wahl, ob sie mit dem Eingriff in ihr Leben einverstanden wären. So wuchsen sie eben wieder unaufhaltsam in die Höhe. Der Wind fegte über ihre Kronen hinweg, verfing sich darinnen, und es sah aus, als würden sie jeden Augenblick brechen. Sonst wuchs nichts in diesem Innenhof bis auf den Rasen, der ab und zu von einem Angestellten des Grünflächenamtes geschnitten wurde. Der Kinderspielplatz, der einen geringen Teil des Hofes ausmachte, konnte mitunter Kinder belustigen, die sich aber von den Hundehinterlassenschaften vorsehen mussten.

Frau Krahwinkel bangte bei starkem Wind ständig um ihr Auto, welches in der Nähe der Bäume stand. Sie wählte den von den Bäumen am weitesten entfernten Platz, aber weiter ging es nicht, sonst wäre ihr Auto aus ihrem Blickfeld. Sie jammerte jeden an, der ihr im Hausflur oder im Fahrstuhl begegnete. Öfter erwischte sie Frau Jossupow, eine eingewanderte Deutsch-Russin, der sie pausenlos einredete, sich mit ihr und den anderen Hausbewohnern an einer Unterschriftenliste zu beteiligen, um einen Volksentscheid herbeizuführen. Damit wollte sie erreichen, dass die Pappeln abgeholzt werden. Frau Jossupow grinste freundlich und versprach sich nicht zu beteiligen, denn sie hatte kein Auto. Wo sie herkam gab es nur Bäume, und diese hier brachten ihr wenigsten ein Stück Heimat näher. Ihr Mann der Gregor Jossupow, arbeitete bei der Müllabfuhr und saß täglich auf einem großen Auto, das ihm genügte. Spazierfahrten gab es für beide nicht, und ihre Tochter fuhr einen Mercedes, den ihr gut verdienender Mann und sie ausschließlich privat nutzten. Die Tochter der Jossupows besuchte öfter ihre Eltern im Hause. Frau Krahwinkel, die ihr einige Male begegnete, meinte, dass sie aussähe wie eine von der russischen Mafia.

Herr Schmidt aus dem Haus befand sogar: „Die rings um die Pappeln stehenden Häuser halten den Wind ab. Bei einem Wirbelsturm könnten die Bäume nach oben gerissen werden, und dann ist in der Gegend sowieso alles kaputt.“

Für Frau Krahwinkel eine Aussage zu weiteren Jammereien, die bis zu den Verwandten und in die Ohren der Beamten im Rathaus drangen.

Herr Rademacher kam gerade vorbei, als Frau Krahwinkel und Frau Jossupow erneut im Disput über die Pappeln verstrickt waren. Er war der am längsten in diesem Hause Wohnende und hatte bereits einiges erlebt. Der Studentenblock, der die eine Hofseite begrenzte und dessen Einwohner in einer Wohnung zu sieben Studenten mit einer Küche leben mussten, gab schon zu manchen lustigen und tragischen Begebenheiten Anlass. So gab es des Öfteren gemeinsame fröhliche Feiern, die bei manchen mit Volltrunkenheit endeten. Da das Haus zehn Etagen aufwies, waren die Wege von Treppenaufgang zu Treppenaufgang immer mit einiger Mühe verbunden, sodass man den kurzen Weg von Balkon zu Balkon bevorzugte. Einmal ging das allerdings schief, und eine Studentin, die dieses Kunststück in Angriff nahm, hatte dadurch einen äußerst kurzen Weg zum Friedhof. Allgemein nahmen die Einwohner der anliegenden Häuser daran keinen besonderen Anstoß.

Das Auto von Franz Rademacher fristete längere Standzeiten auf seinem Grundstück, das außerhalb der Stadt lag und er für gewöhnlich den ganzen Sommer über benutzte. Seine Wohnung hier im Hause suchte er dann recht selten auf. Er meinte, dass nur im Sommer oder Herbst Stürme auftreten, und gerade da wäre er nicht präsent. Jetzt käme er nur zur anstehenden Wahl in seine Wohnung und müsste seine Pflicht erfüllen. Die Sirene des Polizeiautos, das auf der Hauptstraße vorbeifuhr, unterbrach abrupt seinen Redefluss. Danach grübelte er nächtelang, was eine solche Wahl wohl bedeute. Er erlebte den zweiten Weltkrieg und befand, so eine Wahl wie jetzt wäre für jeden Einzelnen furchtbar wichtig. Der Krieg stand damals nicht auf seinem Wahlzettel, den hätte er sicher abgelehnt. Aus diesem Grunde fiele ihm jede Wahl schwer.

Mit Entscheidungen und Wahlen tat sich Herr Rademacher immer schwer, so zum Beispiel in seinem Garten. Säte er nun Mohrrüben oder steckte Kartoffeln. Seine Frau, die Brigitte, konnte ihm da nicht helfen, sie hatte ihn gewählt und geheiratet, er musste jetzt selber entscheiden. Er kratzte alles Erkennbare mit dem Wort „Wahl – Wal" zusammen. Die „Wahlverwandtschaften" von Goethe hatte er gelesen. Nur brachte dies sein Wahlverhalten nicht zu einem befriedigenden Ergebnis. Im Gegenteil, es verwirrte ihn noch mehr, wenn er darin an die Frauen und Männer dachte, die undurchsichtigen Spielchen trieben. Früher in der DDR gab es für ihn keine Mühe zur Wahl zu gehen, man ging einfach hin, faltete einen Zettel zusammen und steckte ihn in die Wahlurne. Nach dieser Wahl saßen dann immer dieselben Vögel auf den Regierungsbänken. Alles schön und sauber eingerichtet. Jetzt mit dem Westen kamen auf ihn Entscheidungen zu. Verschiedene Farben lagen im Angebot. Was sollte er nunmehr wählen?

Bisher nach einer Westwahl, bei der vorher stets ein langes Getöse daherkam, sah er auch wieder die gleichen Nasen im Parlament sitzen – bis auf geringe Ausnahmen, wenn mal einer gestorben oder einer ausblieb, dessen Hintern durch das Sesselsitzen unter so vielen Leuten gar zu sehr strapaziert wurde. Er musste bei der einen oder anderen Fernsehschau, die das Parlament zeigte, mit den armen Abgeordneten, welche trockene Kehlen vom Reden und wund gesessene untere Gliedmaßen hatten, viel Mitleid aufbringen. Schon ein harter Job, so ein Bundestagsabgeordneter, der ganz schwer sein Geld verdiente. Na ja, zum Ausgleich arbeiteten viele dieser geplagten Volksvertreter noch nebenbei. In der DDR hatten diese Sesseldrücker alle einen ehrbaren Beruf erlernt und mussten möglichst in diesem arbeiten, um leben zu können. Allerdings gab es die Pflicht, entweder in der gleichen Partei zu sein oder in einer befreundeten Partei, die jedoch dasselbe vertrat wie die gleiche Partei. Die Reden liefen immer in eine Richtung, sodass es niemals Streit gab. Heute im Westen streiten sie zwar ständig, das Ergebnis ist jedoch ebenfalls das gleiche wie in der DDR nur eben auf demokratischer Basis. Es geht immer nach dem Motto: Wer die Macht hat, hat das Recht – oder so ähnlich.

Frau Krahwinkel und Frau Jossupow erinnerten Herrn Rademacher daran, die Wahl nicht zu verpassen und das im Kindergarten eingerichtete Wahllokal aufzusuchen. Frau Krahwinkel wollte es sich überlegen, ob sie vor der Wahl bei der Wahlleitung protestieren und ihre Wahlbeteiligung von den Pappeln abhängig machen sollte. Frau Jossupow hingegen meinte, in Russland hätten Wahlen nichts genutzt, denn es kamen trotz allem, wie immer auch gewählt wurde, dieselben in die Regierung und saßen dort, bis sie starben. Sie werde also nicht zur Wahl gehen, vielleicht ihr Mann, der hatte Arbeit.

Herr Rademacher nahm nochmals eine Auszeit in seinem Garten, um seine Entscheidung, weil er ja zur Wahl gehen würde, in Ruhe zu überdenken. Dabei dachte er an die Walhalla in Bayern, in der er schon mal die vielen wichtigen Köpfe angeglotzt hatte. Er meinte, dass die alten Germanen, wenn sie starben, in Walhalla einzogen, nur hier sah er keinen einzigen alten Germanen. Das musste wohl eine in Wolkenkuckucksheim stehende Walhalla sein. Mit dem Wales gab es wohl keine Verbindung, das sprach man auch anders aus und gehörte als Halbinsel zu England – ob da die Germanen vielleicht? Ja, und mit dem Wal, der als Fisch in den Weltmeeren umherschwamm, gab es ebenfalls keine Verbindung. Alles gleichlautende Bezeichnungen, und keine konnte ihm helfen. Nun aber genug der Spekulationen.

Es störte ihn sichtbar, es machte ihn traurig und wütend zugleich, dass der Kindergarten so als Wahlkabinett missbraucht wurde. Diese Räume, die nur Kindern zustanden und durch alte ausgelatschte Tritte der Erwachsenen keine würdige Atmosphäre mehr den Kindern hinterließen. Schließlich setzten sich die Wahlhelfer überwiegend aus unterschiedlichen Menschen zusammen. Alle schlugen ihre Atemluft an den Kindergartenwänden nieder, auch Alkoholiker und Knoblauchesser oder wenn einige nicht ihre Zähne geputzt hatten. Einfach ekelhaft, um sich dann vorzustellen, dass am nächsten Tage unschuldige Kinder diese Räumlichkeiten wieder benutzten.

Die Wahlkabinen stellte man auf Kindergartentische und dahinter Stühle von den Erziehern. Er würde vorschlagen, nach der Wahl die Räume komplett zu renovieren, und wollte dies gleich der Kindergartenleitung mitteilen. Die Wahl könnte in der Turnhalle stattfinden, denn sie ist größer und die Atemluft verteilt sich besser. Ja, oder noch günstiger wäre es im Freien, wobei jedoch das Wetter mitspielen musste. Vielleicht auch ein Zelt in jedem Wohngebiet aufstellen. Er könnte da eine Menge Vorschläge unterbreiten. Franz Rademacher ging gar noch weiter, er würde mit seinem Auto, und das ganz unentgeltlich, alle Wähler mit der Wahlurne besuchen und die Wahlzettel einsammeln. Das wird er gleich morgen vorschlagen, es sind nur noch drei Tage bis zur Wahl.

Am nächsten Tage fuhr er mit dem Fahrrad zum Rathaus und brachte seine Vorschläge – auch denjenigen mit dem Einsammeln per Auto – ganz besonders an die Wahlverantwortlichen. Herr Griesholm im Rathaus hörte sich erst alles an und war über soviel Bürgerinitiative hoch erfreut. Er hegte jedoch Bedenken und schloss das Einsammeln mit einer Wahlurne im Auto wegen der Sicherheit und möglicher Wahlfälschungen aus. Die anderen Vorschläge genauso und zwar mit der Begründung, die Turnhalle läge außerhalb des Wohngebietes, das Zelt sei zu aufwendig und teuer und die Wahl im Freien ohnehin vom Wetter und der mangelnden Sicherheit abhängig. Auch könnte ja einer mit der Wahlurne abhauen, weitere Zettel hineinlegen oder sie abbrennen, zumal jetzt immer soviel Terroristen unterwegs seien. Es blieb also beim Kindergarten. Für Herrn Rademacher keine Lösung, denn seine Tochter ging in diesen Kindergarten. Einfach unbegreiflich, diesen nach der Wahl in solchem Zustand zu benutzen und dann noch von seiner Tochter. Nicht auszudenken, wenn Susanne krank würde, ja sogar sterben könnte, langsam dahinsiechen müsste oder eine Behinderung davontrage. Das komplette Renovieren fiel schon wegen mangelnden Materials aus. Tage vor der Wahl konnte er nicht schlafen, er stellte sich all die schlimmen Fälle vor, die passieren könnten.

Der Wahltag brach an. Franz Rademacher stand frühzeitig vor dem Kindergarten und hielt ein großes Schild in der Hand mit der Aufschrift:

Der Kindergarten ist wegen Bazillengefahr geschlossen.

Alle Wähler gehen zur Wahl ins Rathaus.

Der erste Ansturm auf das Kindergartenwahllokal ließ nicht lange auf sich warten. Viele stellten Franz Fragen über diese Anordnung, doch er blieb stumm und zeigte nur auf das Schild. Einige schüttelten vor dem Kindergarten den Kopf, und da sie von Franz keine Antwort erhielten, gingen sie nach Hause, denn das Rathaus lag acht Kilometer entfernt vom Kindergarten. Einige begaben sich tatsächlich ins Rathaus, doch weil es wenige waren, fiel die Blockade des Kindergartens nicht weiter auf. Bevor dann die zentrale Wahlleitung aus den Sesseln kam, war die Zeit vorüber und die Wahl beendet. Franz hielt mit seinem Schild tapfer vor dem Kindergarten aus und trabte müde, aber zufrieden nach Hause.

Er traf im Hausflur Frau Krahwinkel, die gleich wieder ihr Autoproblem lostrat.

„Der Sturm wieder gestern, und die Pappeln bogen sich bis zur Erde", säuselte sie Herrn Rademacher an. „Mein Auto stand direkt in der Sturmrichtung, was da alles passieren könnte!"

Der Mann aber hatte andere Sorgen, wenn nun sein Schild vor die Wahlkommission käme. Er hatte es vorsorglich in den Keller gestellt und würde es später heimlich entsorgen.

„Bauen Sie sich doch eine Betongarage auf dem Hof, dann kann Ihrer Karre nichts passieren!", raunzte er sie unwirsch an.

Das wurde zu viel für Frau Krahwinkel, ihr Auto als „Karre" zu bezeichnen, wo doch das Auto gerade mal fünf Jahre alt, fast wie neu war, mit dem Tachostand von 1500 Kilometern in fünf Jahren.

Sie schnappte nach Luft und schrie: „Wahlfälscher!", als sie an seinen Einsatz mit Schild vor dem Kindergarten dachte.

Der Geschmähte zog den Kopf ein und versprach ihr bei dem Bau der Garage behilflich zu sein. Frau Krahwinkel signalisierte ihm, sie werde es sich überlegen. Damit gingen sie erst mal auseinander. Jeder verschwand mit unterschiedlichen Gefühlen in seine Wohnung.

Eine Anzahl der Wähler wollte nun wissen, weshalb am Wahltag der Kindergarten gesperrt wurde. Mit Bazillen im Kindergarten konnten diesen ja keine Kinder besuchen. Sie trommelten nun einige Eltern zusammen und liefen zur kommunalen Kindergartenstelle. Frau Getko, die Leiterin, fiel aus allen Wolken, denn sie hatte den Kindergarten nicht sperren lassen. Also zeigte man ihr ein Foto, welches Frau Grießhuber vom Schilderhalter aufgenommen hatte. Das Ganze sprach sich schnell herum, und nicht einer der Eltern brachte seine Kinder in den mit Bazillen verseuchten Kindergarten. Nur Herr Rademacher brachte seine Tochter dorthin. Alle Erzieherinnen waren anwesend und sahen nur Nao-Naemi Rademacher. Mit vereinten Bemühungen konnte nunmehr der Übeltäter und Schilderhalter ermittelt werden. Frau Getko schickte die Polizei mit besagtem Foto, das Frau Grießhuber geschossen hatte, zu Herrn Rademacher. Der Mann konnte anhand des vorgelegten Bildes nicht leugnen, dass er der Täter, für ihn selber der Beschützer aller Kindergartenkinder war.

Franz Rademacher kam vor ein Schnellgericht und wurde wegen groben Unfugs und Vortäuschung eines falschen Sachverhalts zur Renovierung des Kindergartens verknackt. Der Garagenbau für Frau Krahwinkel hingegen konnte nicht in Angriff genommen werden, da sie keine Baugenehmigung erhielt und Herr Rademacher sowieso anderweitig beschäftigt war. Sie litt bei jedem Sturm um ihr schönes Auto und wurde nach zwei Jahren wegen anhaltender Depressionen in eine Klinik eingewiesen. Herr Rademacher kündigte nach beendeter Renovierung seine Wohnung und zog mit seiner Familie aufs Dorf, wo die Luft noch keine Bazillen nachwies. Nach einiger Zeit des Genusses guter Landluft sah er, wie am Rande des Dorfes eine Hähnchenmastanlage, mit einer Kapazität von 60000 Hähnchen, aus dem Boden wuchs, die seinen Bazillenängsten neue Nahrung vermittelte. Nun musste er neu überlegen, was er dagegen unternehmen sollte.

DER STAATSSTREICH

Sie war nicht sehr bekannt in ihrem Ort, obwohl sie ihr Leben bisher nur hier verbrachte. Man traf sie auf der Straße, dabei grüßte sie freundlich die wenigen Freunde und zufällig freundlich Aussehende, die an ihr vorübergingen. Fräulein Griseldis war eine kleine, nein eigentlich mittelgroße und schlanke, vielleicht 27 bis 29 Jahre alte Frau. Sie entsprach dem Durchschnitt der hier lebenden Menschen, die keine Karriere anstrebten, da ihnen das Umfeld und vielleicht auch die geistigen und körperlichen Voraussetzungen fehlten. Der Krieg ging an ihr vorüber wie ein Hauch, der wahrnehmbar keine Spuren bei ihr und in ihrem Ort hinterließ. Die normalen Mängel nahm man als solche nicht besonders zur Kenntnis, diese gab es einfach, und man richtete sich ein. So lief und schwebte sie über den Bürgersteig, ging langsam über diese Straße, die Verkehrsarmut zeigte, von keinen schnellen Fahrzeugen strapaziert wurde und den Überquerenden keine Eile abnötigte. Alles an Griseldis kam einfach und überschaubar daher. Ihr Gesicht – noch jugendfrisch, jedoch schon mit einem leicht grämlichen Ausdruck überzogen – bot den Vorübergehenden keinen Anlass der besonderen Aufmerksamkeit. Im Allgemeinen konnte man es nicht als besonders hübsch einstufen, eben halt nur jugendfrisch. Ihr Schritt war bedächtig, mit einem leicht nach innen schlenkernden Fuß, zu dem man im herkömmlichen Sinne sagen konnte, sie lief damit über den Onkel. Aber genug der Beobachtung ihres Laufes, sie ging zur Arbeit, die nur einen halben Arbeitstag in Anspruch nahm. Griseldis wollte nicht mehr und konnte vielleicht nicht länger tagsüber arbeiten, da sie durch eine chronische Bronchitis ihren Husten nicht ganz verloren hatte. Sie hustete mal heftig und dann nur so hüstelnd zum Nachsetzen, sodass andere bereits meinten: „Sie wird wohl nie völlig gesund werden, um den ganzen Tag im Arbeitsraum durchzustehen."

Einmal spielten ihr die Hormone einen Streich und bescherten ihr eine kurze, heftige Liebschaft, die schon vor der Geburt ihres Sohnes endete, den sie wohl liebte, nicht aber ausreichend versorgen konnte. Sie suchte mit allen Mitteln einen geeigneten Ernährer, der ihre Halbtagsarbeit zu einer gemeinsamen 1,5-Tagesarbeit hochzog und damit die finanzielle Kraft auf das Dreifache brachte. Da sie in keinen besonderen Bekanntenkreis eingebunden war und somit auch Männer als Raritäten galten und diese deshalb keinen Vorzugsplatz darinnen einnahmen, konnte nur der Zufall helfen, einen bescheidenen Mann einzufangen.

Griseldis eilte die kleine Treppe zu ihrem Arbeitsplatz hinauf und begrüßte knapp ihre Mitstreiterinnen, die bereits an ihren Arbeitsplätzen saßen. Vor jeder reihten sich glatzköpfige Puppenköpfe aus Kunststoff und warteten auf die fällige Verschönerung. Verschiedene kleine Behälter mit Farben standen da, und kleine Pinselchen lagen neben jedem Farbtöpfchen. Sie warteten darauf, von geschickten Händen den Gesichtern der Puppen – Nase, Mund, Augen und Wangen – Leben einzumalen. Griseldis arbeitete in einer Puppenfabrik, eher wohl in einem kleinen Betrieb, der Puppen überwiegend für den Export herstellte.

So griff sie nach dem ersten glatzköpfigen, aber schon bemalten Puppenkopf und suchte aus der nebenstehenden Kiste einen vorgefertigten Haarschopf, um ihn nach festgelegter Präparierung auf den Noch-Glatzkopf zu stülpen. Da sich die Gesichter der Puppen glichen, konnte sie nach eigenem Ermessen festlegen, ob sie einen Jungen- oder Mädchenhaarschopf aufsetzte. Sie konnte also Jungen oder Mädchen erschaffen, einfach so mit einer Frisur und ohne Sperma mit weiblichen oder männlichen Keimen. Bei diesem Gedanken errötete sie immer leicht, und die Nachbararbeiterinnen befürchteten einen erneuten Hustenanfall. Hier allerdings betraf es nur den Kopf, und die unterschiedliche Haartracht bestimmte sie ganz allein – Junge oder Mädchen.

Weil sie in keinen Bekannten- oder Freundeskreis eingebunden war, männliche Erlebnisse nicht bevorzugte, konnte nur per Zufall – und dies in ihrem Arbeitsbereich – ein passender Partner auszumachen sein.

Dort in der Firma stellte man alles her, was eine wahre Puppe ausmachte. Vom Kopfe bis zum Fuß, vom Entwurf bis zur Endfertigung und darüber hinaus auch die Puppenbekleidung. In der Vorbereitungsabteilung arbeitete Richard Kreidel, der die Abläufe zur Herstellung der Puppen festlegte. Ein bescheidener und fleißiger Mann, der nur einen ersichtlichen Fehler aufwies. Ihm fehlte das rechte Ohr, denn bei einem Überfall, als Angriff auf seine Geldbörse, war es ihm abgeschnitten worden. Auf sein Gehör übte dieser Makel jedoch keinen Einfluss aus. Ja, er hörte sogar auf dem nicht vorhandenen Ohr besser als mit der ohrbeschickten Kopfseite.

Griseldis und Richard trafen sich oft im Pausenraum des Betriebes zum gemeinsamen Mittagessen. Wie es der Zufall so wollte, saßen sie dann öfter am gleichen Tisch und gabelten oder löffelten die Ergebnisse der Betriebsküche in sich hinein. Richard sah mit einem Ohr schon recht komisch aus, fand Griseldis. Seine nette Art und Redeweise gefielen ihr, und sie sah mit der Zeit über das fehlende Ohr hinweg. Ja, und wenn sie dabei an ihren Sohn dachte, meinte sie jetzt, zugreifen zu müssen. Bei ihren Gesprächen störte es sie nur, wenn er die leere Ohrseite hinhielt, um besser hören zu können. Kurzum, sie kamen zusammen, und die erste Nacht stellte beide so zufrieden, dass sie schon nach einer kurzen Probezeit heirateten.

Die Puppenköpfe standen weiter an ihrem Platz, die Einnahmen stiegen, und auch der Mann war kein so großer Störfaktor für sie und ihren Sohn – bis auf das fehlende Ohr. Sie schmierte ständig verschiedene Salben auf die ohrlose Stelle, um ein Wachstum anzuregen, obwohl nach medizinischen Erkenntnissen dort nichts nachwächst. Auch dritte Zähne wachsen nicht mehr nach. Griseldis jedoch gab nicht auf.

Griseldis schwärmte für die gute, längst verflossene alte Kaiserzeit. Besonders Kaiser Wilhelm eroberte ihr Gemüt. Mehrere Bilder in verschiedenen Uniformen, ob mit und ohne Familie, schmückten ihre Wohnung. Sie meinte, ihr Mann Richard könnte doch so aussehen wie dieser Kaiser, dann wäre ihr Glück fast vollständig. Richard schaute mit trübem Blick auf die Bilderpracht in ihrem Zimmer und kannte nicht das heimliche Anliegen seiner Griseldis. Das zweite Ohr müsste unbedingt an Richards Kopf, sonst wäre er nicht vollständig, so ihr Gedanke. Sie überlegte angestrengt und sprach mit Richard, ob sie ihm nicht eines ihrer Ohren spenden könnte. Getreu dem Bibelspruch: „Wer zwei hat, der gebe die eine Hälfte dem anderen." Ihre Haare verdeckten ohnehin die Ohren, und ein fehlendes fiel dabei nicht weiter auf. Nach einigen erfolglosen Arztbesuchen und dank der unterschiedlichen Form ihrer beider Ohren verwarf sie ihr Ansinnen. Er war mit seinem einen Ohr zufrieden. Sie dachte nun an die Puppenköpfe und die hautfarbene Masse.

„Mein lieber Richard", flötete sie, „du kannst doch verschiedene Puppenköpfe von den Modellbauern herstellen lassen, warum nicht auch ein Ohr?"

Richard sträubte sich einige Wochen lang, bis er dann den Auftrag an die Abteilung übertrug. Sie machten von Richards verbliebenem Ohr einen Abdruck, wie beim Zahnarzt bei einem Gebiss, und bastelten daraus eine Form. Das Ergebnis nach dem Abguss konnte sich sehen lassen. Mit verschiedenen Kleb- und Haftstoffen pappte es jedoch immer nur für eine begrenzte Zeit. Ein Einschnitt mit Stecker ging bei Richard aus rein medizinischer Sicht nicht. Ja, wenn er mal rote Ohren bekam, dann halt nur mit dem einen Ohr, das andere behielt immer die Hautfarbe aus dem Guss.

Kurz und gut, die Grundlage für die Auferstehung des Kaisers Wilhelm war gelegt. Griseldis wollte nun den berühmten Kaiser-Wilhelm-Bart an

Richard sehen. Diesen sich wachsen zu lassen, stieß bei ihm auf entschiedenen Widerstand. Seine Haare gaben auch nicht die Kaiserfarbe her. Um des lieben Friedens willen ließ er sich zu Hause von Griseldis einen Bart ankleben, zumal sie mit den Haarpuppenköpfen große Erfahrung vorweisen konnte. Die Kaiseruniform gab sie in Auftrag und sparte dafür lange und hartnäckig. Ihr Sohn fürchtete sich vor diesem Kaiser und saß immer verschüchtert in seiner Spielecke. Dies hingegen kümmerte die Frau herzlich wenig, und sie zog ihm eine alte Kinderuniform aus der Kaiserzeit an, die zum Kaiser Richard passte.

Endlich, endlich nach langen Jahren seiner Verwandlung konnte Griseldis sich als Kaiserin profilieren. Ihre eigene Garderobe fiel allerdings bescheidener aus. Nach Feierabend und an den Wochenenden gaben sie das perfekte Kaiserpaar. Ja, sie begannen ihre Spaziergänge und Urlaube zu inszenieren. Alle Bekannten und Verwandten schüttelten über die neuen Kaiser nur fassungslos die Köpfe. Die nun schnarrende und abgehackte Stimme des Kaisers Wilhelm imitierte Richard. Alte Tonaufnahmen gaben hierbei exakte Hilfestellung. Die stattliche Kinderzahl des früheren Kaiserpaares konnten sie trotz täglicher Bemühungen nicht erreichen, es blieb bei dem einen Sohn. Ihre private Kaisergalerie erlebte eine fortwährende Erweiterung. Man war in eine größere Wohnung gezogen, die mit Kaiserbildern – jetzt mit Griseldis, Richard und Sohn – einschließlich der Wohnungsdecke überzogen waren.

Im Betrieb lief alles so weiter wie bisher, sie gingen der Arbeit nach, denn ohne Geld konnte keiner leben. In der Schule, die der Sohn als ganz normales Kind besuchte, wurde er ständig ob seiner Eltern, dem Kaiserehepaar, gehänselt.

Langsam reifte in Griseldis der Wunsch heran, den demokratischen Staat in Deutschland zu lassen, sich den alten kaiserlichen Besitz anzueignen und schließlich eine Monarchie – wie beispielsweise in den europäischen Staaten Dänemark, Schweden, Belgien oder England – einzuführen. Als Kaiser Richard und Gemahlin Griseldis gäben sie in Deutschland ein lang eingeübtes Kaiserpaar ab. Ja, und wenn sie dann in die weitere europäische Runde schauten, dann waren sie mit Sicherheit nicht dümmer, jedoch weniger arrogant als der europäische königlich-monarchische Rest. Richard ließ sich von Griseldis mitreißen, und er sann auf eine Gelegenheit, dieses Unterfangen bald durchzusetzen.

Die Karnevalszeit war angebrochen. Überall im Lande griffen die Jecken in die politischen Kreise ein. Das geschah alles ohne staatlichen Widerstand. Weshalb also sollten sie in Berlin nicht einen Versuch starten und den Bundestag überraschen? Richard suchte im Verwandtenkreis nach ein paar kräftigen Männern. Sein Onkel, dessen Sohn sowie sein und Griseldis' Bruder kamen infrage. Als sie erfuhren, worum es ging, gaben sie sofort ihr Wort für diese ehrenvolle Aufgabe. Griseldis besuchte den Fundus der deutschen Staatsoper und requirierte Uniformen aus Zeiten des Kaisers Wilhelm und dazu die Bewaffnung, allerdings nur Attrappen. Nach einigen kleinen Maßänderungen, die Griseldis persönlich vornahm, passten den vier Mitstreitern die Uniformen perfekt. Sie bestellten ein Stretchtaxi und fuhren zu sechst damit zum Bundestag, den Sohn ließen sie erst mal zu Hause.

Vor dem Bundestag stiegen sie aus und marschierten ungefährdet in Formation durch den kaum bewachten Hintereingang mitten in eine Sitzung des Bundestages. Bis zu diesem Saal mussten sie durch viele Gänge marschieren. Alle Bediensteten, die dort umherstanden, lachten über die sechs verkleideten Figuren, welche mit todernsten Gesichtern an ihnen vorbeidefilierten. Richard und Griseldes schritten schnurstracks – exakt begleitet von ihren Brüdern, Onkel und dessen Sohn – zum Pult des Parlamentspräsidenten, schoben den Mann beiseite, der ein solches Benehmen in dieser Zeit als ganz normal empfand, und Richard trat ans Mikrofon. Das alles begleitet mit lautem Lachen der Parlamentarier, für die dieser Scherz wohl neu war.

Richard proklamierte mit seiner knappen Kaiserstimme die parlamentarische Monarchie und ließ durch die vielen Juristen, die immer im Bundestag sitzen, ein Gesetz ausarbeiten und gleich vom Parlament verabschieden. Sämtliche Volksvertreter machten den Spaß unter großem Gelächter mit. Zu spät erst bemerkten sie den wahren Ernst der Situation.

Nun gab es in Deutschland wieder einen Kaiser, der sich vorläufig im Schloss Charlottenburg niederließ. Seine Leibgarde, also die Brüder der Onkel und dessen Sohn, organisierten alle Bequemlichkeiten für das neue Monarchenpaar. Nachdem das Volk von diesem Streich erfuhr, lachte es unbändig und jubelte daraufhin dem Paar frenetisch zu. Als Kaiser Richard ließ er endlich das ausgediente Grundgesetz einstampfen und eine deutsche Verfassung ausarbeiten und per Volksentscheid verabschieden. Davor handelte er mit den ehemaligen Kriegsgegnern des zweiten Weltkrieges einen Friedensvertrag aus, der dann allgemein wirksam wurde. Die Zufriedenheit mit dieser Lösung kannte keine Grenzen, weder in dem sonst ewigen Parteiengezänk noch im Volk selbst. Er erhielt seine Güter zurück, die er jedoch in der preußischen Stiftung beließ. Kaiser Richard und seine Griseldis, die beide dem Volke entstammten, verschwendeten keine Steuergelder in dem Maße wie die englische oder spanische Monarchie.

Der bisherige erste Mann im Staate, der Bundespräsident, wurde wieder seiner Berufung gerecht und persönlicher Pfarrer und Berater des Monarchen. Seine Lebensgefährtin machte als erste Hofdame des Monarchenpaares im Schloss Charlottenburg eine ausgezeichnete Figur. Richard und Griseldis vergaßen nie ihre Herkunft. Rauschende Feste und Aufmärsche blieben aus. Sie fuhren nur zu bestimmten, notwendigen Staatsfeierlichkeiten in einem offenen Auto durch einige große Städte, damit das Volk sie wahrnehmen konnte. Richard kümmerte sich um eine ausreichende Erwerbsarbeit für alle und schaffte jegliches, wovon ein Arbeitnehmer von seiner Arbeit nicht leben konnte, kurzerhand ab.

Die Bundeskanzlerin gab einige Privilegien und Kompetenzen an den Kaiser, bis sie dann nach sieben Wahlperioden hintereinander nicht mehr gewählt wurde und ihre Rente aufgrund ihres hohen Alters nicht mehr ausnutzen konnte. Sie versäumte es, sich rechtzeitig zur Kaiserin zu krönen, und musste so noch erleben, wie der Sohn des Kaisers den Thron bestieg.

WICHTIGES LÄNDERSPIEL

Alle Länderspiele sind wichtig. Vor allem, wenn es sich um die Fußballmannschaft handelt. Eigentlich nur bei einer Fußballmannschaft.

Das gesamte Volk nahm daran Anteil. Eines Tages stand so ein Länderspiel an. Ich wusste nicht, was mich dazu veranlasste, mir ein Spiel direkt anzusehen und anzuhören, ich wollte eigentlich nur wissen, warum die gesamte Nation so hinter den Fußballern her war. Mann und Frau gingen bei jedem Wetter ins Stadion, ja man pilgerte regelrecht dorthin, wie zu einer Wallfahrt, bei der auch Menschenmassen zusammentrafen. Wer schlecht bei Kasse war, der saß zu Hause vor dem Bildschirm und tobte sich bei Bier und Schnaps regelrecht aus. Es soll vorgekommen sein, dass ab und an mal eine Flasche den Bildschirm zertrümmerte und der Frust über Spielweisen der Akteure auf diese Weise ausgedrückt wurde. Dieses Mal war es nicht nur einfach so ein Fußballspiel, nein ein Spitzenspiel zwischen Millionären. Also zwischen Sportlern (wenn man sie als solche noch ansehen konnte) oder zwischen zwei Firmen, deren Mitarbeiter Verträge und ein festes Gehalt hatten. Diese Firmen, die alle notwendigen Angestellten beschäftigten, die zum Wohlergehen ihrer Spieler durch den Einkauf neuen Spielermaterials sowie der Reklame und der Bedienung der Fans mit unnötigen Fanartikeln ausgestattet waren. Es war zu vermuten, dass diese Angestellten Spitzenleistungen in ihren Fachgebieten nachwiesen. Damals wusste ich noch nicht, dass sich die Nationalmannschaft aus den Besten der besten Fußballspieler der Fußballklubs der Länder zusammensetzte. Dann gab es also in jedem Land mehrere Firmen, fiel mir da ein.

Es handelte sich bei diesem Spiel um den letzten Test vor der Teilnahme an der Europameisterschaft mit der Spitzenmannschaft eines befreundeten Landes. Ich wollte nicht unvorbereitet so reichen Nationalhelden gegenüberstehen oder -sitzen. Alles, was im Vorfeld eines solchen Spiels gesagt, geschrieben und geflimmert wurde, nahm ich mit Aufmerksamkeit auf. Nicht, dass es mich irgendwie interessiert hätte, nur die Hintergründe der begeisterten Nation mal so aufzunehmen.

Der Nationaltrainer gab ein Fernsehinterview zur besten Sendezeit. Er warf seinen dunklen Bubikopf nach hinten und sog immer nach einigen Worten mit einem zischenden Laut die Luft durch die Zähne. Zuletzt hatte ich das gesehen und gehört bei einem Asthmakranken der dann schnell zu einer Sprayflasche griff. Mit todernstem Gesicht, das an die Staatsaffäre unseres abgehalfterten Bundespräsidenten erinnerte, als der den letzten Zapfenstreich ertrotzte, redete der Bundestrainer von einer noch nicht ausgeheilten Wunde an der Wade des Schleimi. Offensichtlich eines Fußballspielers, den er für das anstehende Fußballspiel ausgesucht hatte. Er schlussfolgerte, dass Professor N. und der Physiotherapeut F. das bis zu den Europameisterschaften schon hinbekommen würden. Dann sprach er noch sehr akzentuiert von einem Roual und Lahm, die sich in bester Verfassung befänden, und er überlegte, ob er den achtzehnjährigen Jungstar, der viele Tore in dessen Klubmannschaft geschossen hatte, erfahrenen Spielern im Europameisterschaftsgefüge vorziehen würde. Ein weiterer Hoffnungsträger Roldi trat dann in den Bildschirm und entschuldigte sich für das letzte schlechte Vorbereitungsspiel, aber er würde dann ab jetzt sofort nach vorne spielen.

Diese wichtigen Aussagen standen am nächsten Tage in allen Tageszeitungen und die Wade von Schleimi war im Großformat abgebildet. Erschüttert vergrub ich mein Gesicht, denn nur die Überschwemmung meines Kellers nach einem Rohrbruch hatte mich genauso getroffen. Es kamen danach noch öffentliche Geheimniskrämereien über die Mannschaftsaufstellung beim wichtigen Testspiel, das die ganze Nation beschäftigte, heftige Diskussionen in den Betrieben und Verwaltungen auslöste und die Arbeit vor allem unserer Beamten in den Behörden lahmlegte. Ebenso konnte niemand ins Nationaltrainer-Büchlein hineinschauen und erkennen, wen er nun zur Europameisterschaft mitnehmen würde. Klar war nur, dass er mitfuhr, der Gesundheitsprofessor, und die Physio- und Psychotherapeuten. Zwischendurch traten dann noch des Öfteren der Bundestrainer und der Manager vor die Presse und sie versicherten, dass die Mannschaft topfit sei und die Krone der Europameisterschaft im Bereich des Möglichen wäre.

Dann begann das öffentliche Training der vorläufig vorausgewählten Mannschaft, an dem mindestens zehntausend Zuschauer teilnahmen. Ich, einer der Zehntausend, stand dann am öffentlichen Trainingsstadion. Zwei Trainingseinheiten, so hieß es hinter vorgehaltener Hand geheimnisvoll, sollten vorgeführt werden. Zuerst erlebte ich ein herrliches Männerballett auf dem grünen Rasen. Fantastisch, wie die Stars ihre Fußballbeinchen in einer wunderbaren Formation in schnellen Überschlagschritten bewegten und elegant über den Rasen glitten. Ich vermisste allerdings die Musik von Schwanensee – die der kleinen Schwäne. Bei dieser Bewegungsbrillanz würde sich jede Opernbühne um sie reißen. Nur bei der Bezahlung an der

Oper müssten unsere Stars wohl Hunger leiden. Dann gab es noch einige Sprinteinlagen, wobei sich Schleimi kurz an seine Wade fasste und sofort einen Aufschrei der Zehntausend provozierte. Nun zeigte der Bundestrainer, was er so draufhatte. Er bewegte einen Ball, der nur für ihn zu sein schien. Jonglieren, Ball rechter Fuß, Ball linker Fuß, Ball Fuß-Kopf und zurück. Dann einen Ausfallschritt, wobei der Ball hinter dem Fuß wieder nach vorn kam. Der reinste Rastelli. Der Mann konnte im Zirkus auftreten. Ich meine, dass ich über ein Angebot an den Bundestrainer zum Zirkus schon einmal etwas gehört haben musste. Aber auch hier die magere Bezahlung. Zum Abschluss zogen die einzelnen Stars noch unterschiedlich gefärbte Hemden über und schossen mit vielen Bällen den Torwart fast krankenhausreif. Ich konnte das an seinem schmerzverzerrten Gesicht erkennen. Diese Vorführung kostete die Zehntausend überraschenderweise keinen Cent. Die Leute klatschten in ihre Patschhändchen und die Mannschaft samt Trainer verbeugte sich artig vor ihren Fans, die damit glaubten, das Training sei beendet. Hiermit schloss ich meine Vorbereitungen für das zu erwartende große Testspiel ab.

Dann kam der Tag, der die Nation in Aufregung versetzt hatte. Die Straßen füllten sich, alles strebte dem Stadion zu. Es wurden Lieder gebrüllt, ab und zu eine Mülltonne angebrannt und die eine oder andere Schaufensterscheibe eingeworfen. Viele trugen Fähnchen und Schuhe, Schals, Strümpfe und Hemden in den Nationalfarben. Ich dachte, ich sei zwischen ausgebrochene Irre geraten. Ängstlich sah ich mich um, um festzustellen, ob noch normale Menschen auf der Straße waren, aber die hatten sich wohl in ihre Wohnungen verkrochen. Die Autos hupten wie verrückt und die Ordnungshüter standen lächelnd herum. Tausende und Abertausende rannten, stampften und stießen sich zum Ort der Erwartungen, um die Millionäre und Rastellis zu erleben. Sie gaben dafür viel Geld aus und erwarteten eine Leistung. Mich kostete der Sitzplatz im Stadion den Verdienst von zwei Arbeitstagen. Endlich saß ich auf meinem harten Plätzchen und schon erhob sich ein mörderischer Lärm aus Blasinstrumenten, verschiedenen Klopfgeräten und vereinten Gesängen. Jeder schwang irgendeinen Gegenstand, ob Flasche, Fähnchen oder nur die Faust.

Die Akteure betraten den Rasen. Die Seiten wurden ausgeknobelt: Wer fängt wo an? Dann begann der Kampf um ein mit Luft gefülltes rundes Leder. Auf der anderen Stadionseite auf der Ehrentribüne saß die Bundeskanzlerin mit einigen Ministern in abwartender Haltung. Vorher verlor sie über das Mikrofon einige freundliche Worte. Die Verbundenheit mit dem Volk erhöhte ihre Umfragewerte auf der Politskala und könnte sich sicher auf den nächsten Wahlkampf niederschlagen.

Der Schiedsrichter pfiff das Spiel an. Noch brüllten die Zuschauer (Fans) gemeinsam, da der Sieger erst nach neunzig Minuten feststand. Ich rekelte mich nun in meinem teuren Stühlchen, wo ich von beiden Fußballtoren gleich entfernt saß. Mit meinem Fernglas konnte ich alle Einzelheiten überblicken. Nach diesem Anpfiff gab es den ersten Anpfiff des Bundestrainers, der mit wehendem Schlips und schaufelnden Handbewegungen einem Spieler bedeutete, sich in die Viererabwehrkette einzureihen, da die gegnerische Mannschaft sofort angriff. Durch mein Fernglas erkannte ich am Gesicht des angepfiffenen Spielers, dass seine Lust an dieser Anweisung nicht sehr groß war und er sich nur widerwillig einordnete. Schließlich wusste er als Kapitän der Mannschaft selbst, was er zu tun hatte. Dann rammte ihn gleich ein Gegenspieler und er sann auf Rache. Der Ball ging dann flott durch die Fußballerreihen, bis der erste Schuss an die Latte des deutschen Tores donnerte und der Bundestrainer einen Tobsuchtsanfall bekam und vor Wut in seinen Schlips biss. Für mich ein Fall mangelnder Eigenkontrolle – es hatte ja noch kein Tor gegeben.

Ich erinnerte mich eines ähnlichen Vorfalls, als mein Hund ausgerissen war und trotz allen Geschreis, das ich machte, nicht zurückkam. Damals fehlte mir allerdings der Schlips, der mir sehr geholfen hätte. Die Zuschauermasse vergaß, ihre stimmliche Kondition zu prüfen – ich vernahm nur ein kollektives Stöhnen. Dann bekam der Millionär Schleimi den gegnerischen Fuß unter seine Sohle und fiel filmreif auf die Nase, wobei er sich schmerzverzerrt die berühmte Wade hielt, die eigentlich nicht betroffen sein konnte. Ein Aufschrei aus Abertausenden Kehlen röhrte durch das Stadion und die Gesichter zeigten den Schmerz der gehaltenen Schleimi-Wade. Der von Schleimi getroffene und offensichtlich verletzte Gegner musste mit einer Trage vom Platz gebracht werden.

Später erfuhr ich, dass er den Mittelfußknochen gebrochen hatte. Einige brüllten: „Haut ihnen auf die Fresse und prügelt sie aus dem Stadion." Ich wusste erst nicht, wen sie meinten und fragte meinen brüllenden Stuhlnachbarn. Der schlug mir die Nationalfahne über den Kopf und brüllte: „Na, wen wohl, du Arsch!"

Dann, nach einer halben Stunde, schoss die gegnerische Mannschaft endlich ein Tor. Ich sprang heftig von meinem Stuhl und schrie: „Weiter so, weiter so!" und klatschte in die Hände. Das war zu viel für meine Nachbarn. „Du Assel, verschwinde! Wo kommst du denn her, bist wohl einer von denen." Ich war mir keiner Schuld bewusst, ich fand nur, dass der Torschuss sehr gut ausgesehen hatte. Es fielen noch weitere zwei Tore, bei denen der Bundestrainer wahre Veitstänze aufführte und seine Mitstreiter nur stumm die Augen bedeckten. Sicher schämten sie sich ob ihres

Trainers. Der wechselte noch drei Spieler aus, wobei ein viertes Tor in seinen Kasten trudelte. Ich hoffte, dass er sich mit einwechselte. Bei seiner vorher im Training gebotenen bühnenreifen Rastellishow wäre sicher der Ball im gegnerischen Tor gelandet. Enttäuscht von so wenig Selbstbewusstsein eines Verantwortlichen fiel mir als Vergleich nur ein zurückgetreten wordener Umweltminister ein, der vorher immer so viel Wind gemacht und dann kein Lüftchen mehr bewegt hatte. Jedenfalls endete der Spuk nach neunzig Minuten. Ich kam mit einigen Prellungen und fast taubem Gehör soweit unbeschadet aus dem Stadion und fuhr nach langen Wartezeiten in einem der überfüllten öffentlichen Verkehrsmittel nach Hause. Dann kam in den Hauptnachrichten des Fernsehens ein langes Interview mit dem Bundestrainer und einigen seiner herausragenden Fußballprofis. Alle meinten mit todernsten staatstragenden Mienen einhellig, dass sie wunderbar gespielt und vieles für die großen Aufgaben ausprobiert hätten. Nur einer lächelte hinterhältig, als er nach seinem Tritt auf des Gegners Fuß gefragt wurde und ihm keine Antwort dazu einfiel.

Fragen nach Verletzungen seiner kostbaren Waden- und Fußträger beantwortete der Trainer mit: „Alles im grünen Bereich, wir sind gerüstet, um die nächsten Aufgaben in Angriff zu nehmen." Er verlas noch ein ärztliches Bulletin eines Hoffnungsträgers, der zurzeit in der spanischen Liga sein Geld verdiente und sich den rechten Arm verstaucht und den linken großen Zeh angebrochen hatte, wobei aber bis zu den internationalen Meisterschaften laut Professor N. B. alles wieder ausgeheilt sein würde. „Die Kanzlerin hat sich ebenfalls fürsorglich nach dem Gesundheitszustand unserer Nationalkader erkundigt und uns ihre unumwundene Bewunderung geschenkt", ergänzte er noch. Ich war gerührt, einfach nur gerührt über die nationalen und politischen Schwerpunkte, die in unserem Volke gesetzt wurden. Was war ich froh, in diesem Lande zu wohnen, wo der kleine Mann die Aufmerksamkeit hatte, seine Nationalhelden zu verehren und zu lieben, obwohl sie diesmal vier zu null verloren hatten.

EULENSPIEGEL TRITT IM BUNDESTAG AUF

Eines Tages erreichte Eulenspiegel auf seinen Wanderungen Berlin. Er spazierte durch die Stadt, staunte über die schönen hohen Häuser und erfreute sich an den Hundehaufen, die überall auf den Bürgersteigen lagen. Was ist Berlin doch für eine tierfreundliche Stadt und so naturverbunden mit all diesen prächtigen Haufen.

„Gibt es denn niemanden mehr, der diese herrlichen Gaben als Dünger auf die Felder bringt? Fürwahr, mit diesen kleinen Tütchen, die manche Kotsammler in ihre Taschen stecken, sind doch die täglich fünfzig anfallenden Tonnen Kot nicht zu bewältigen?", fragte er mehrere Passanten. Keiner konnte ihm darüber etwas sagen, sie schüttelten nur die Köpfe über solche Fragen.

Kurze Zeit später kam er am Bundestag vorbei und sah große Autos davorstehen. Die Fahrer lungerten entweder vor ihnen herum oder saßen in den Fahrzeugen. Er trat zu einem der Fahrer und wollte wissen, was sie allesamt hier so trieben und auf wen sie warteten.

„Ach, ich habe eben einen Minister hergebracht und warte nun, bis er seine Rede im Bundestag gehalten hat. Ja, und dann geht es zum Speisen in das Hotel neben dem Brandenburger Tor", antwortete ihm einer der Männer.

„Was für eine Rede hält denn dein Minister?"

„Was weiß ich, der Minister murmelte ständig hinter mir im Auto etwas von einer Kochshow im Fernsehen, und er würde den Koch gerne mal in seine Küche zu Hause einladen."

„Es ist bestimmt interessant, einmal im Bundestag zu sein und die vielen Abgeordneten zu sehen", dabei kratzte sich Eulenspiegel am Kopf und überlegte angestrengt, wie er in den Bundestag gelangen könnte.

Der Ministerfahrer biss in einen Apfel und meinte: „Ich weiß nicht, was da drinnen so abgeht, da ich noch nicht das Vergnügen erleben wollte."

Eulenspiegel steuerte entschlossen auf den Menschen zu, der in Schlips und Maßanzug vor dem Eingang stand, und zeigte seinen Eulenspiegelausweis. Der Mann schmunzelte verhalten, und so stolzierte Eulenspiegel in den Plenarsaal des Bundestages. Die Plätze füllten sich allmählich, und er nahm auf der Ministerbank Platz.

Der Präsident des Bundestages erhob sich von seinem Sessel und verkündete mit lauter Stimme: „Verehrte Damen und Herren, jetzt folgt eine Aussprache über die Kochshows im Fernsehen."

Vor dem Rednerpult war eine komplette Küche aufgebaut, hinter dieser standen die drei berühmten Sterneköche, die ständig den Bildschirm beanspruchten. Moderiert vom ebenso berühmten Starfriseur der Kanzlerin, welcher permanent Nasenverstopfungsprobleme beim Sprechen auswies.

Der Minister trat vor das Rednerpult, nahm einen Schluck aus dem Glas, das vor ihm stand, verzog sein Gesicht und begann: „Liebe Abgeordnetinnen und Abgeordnete", er war von den Gelben und recht unsicher über die Emanzipation, „wir wollen über einen Vorgang debattieren, der unsere Gesellschaft spaltet – über die vielen Kochshows im Fernsehen. Die Hälfte der Bevölkerung ist dafür, die andere Hälfte dagegen. Die Nachrichten können zwar noch regelrecht zwischen den Shows übertragen werden, aber die Reklameeinheiten – wie mir meine Lobbyisten berichteten, die das Geld bringen – kommen zu kurz. Aus dem Grund werden heute und jetzt die berühmtesten Köche unseres Landes ihre Kochkünste demonstrieren. Schon damit es uns leichter fällt, Vorschläge zu machen, um später über das Für und Wider der Kochshows im Fernsehen eine Entscheidung zu fällen. Ich muss nicht immer das Verfassungsgericht anrufen, um entscheiden zu lassen, ob diese Shows auch verfassungskonform sind. Wir lassen uns einfach eine solche Show vorführen, denn Praxis geht vor Theorie. Wir sehen alles, wir riechen alles und sehen selbst, was in das Essen hineingemanscht wird. Genauso, wie es aus unseren Fernsehkanälen täglich in die trauten Wohnzimmer flimmert. Leider konnten wir aus Sicherheitsgründen keine Prominenten einladen, die uns sonst immer ihre Geschmacksnerven und lustigen Einlagen anbieten."

Er wies dabei kurz auf die Debatten im italienischen Parlament hin, die öfters in lustige Schlägereien ausarteten, und beendete seine Ausführungen: „So etwas wollen wir uns nicht vornehmen, ist zwar vergnüglich, aber gesundheitsschädlich. Wer hat noch Fragen? Nun, meine Herren Köche, beginnen Sie."

Im Nu sprang Eulenspiegel über die Ministersitze bis zum Saalmikrofon und schüttelte seine Narrenkappe: „Ich bin ein Koch und kochte bereits bei Turn und Taxis, in Abu Dhabi beim Scheich und bei Helmut Schmidt. Wie ihr seht, ist er dank meiner Kochkünste sehr alt und gesund. Ich hätte ebenfalls beim Kaiser Barbarossa gekocht, nur war der Mann leider schon tot."

Eulenspiegel trat nach dieser Vorstellung an die aufgebaute Küche, holte aus seinem Wams flugs eine Schere hervor und schnitt dem berühmten Fernsehkoch, der gerade eine Suppe kostete, die Schurbartenden ab.

„Du Schlingel", drohte er, „wenn die Bartenden herunterhängen und in der Suppe landen, ist das nicht hygienisch."

Der Gestutzte heulte entsetzt auf: „Mein Image ist hin, mein Image ist hin! Wer soll mich denn jetzt noch erkennen!", und tatsächlich, man erkannte ihn nicht mehr.

Der Starfriseur wollte dazwischen springen, doch die Kunstfertigkeit, mit der Eulenspiegel diese Bartfrisur vornahm, überzeugte ihn. Erfreut knödelte er: „Wir können beginnen", dabei blinzelte er Eulenspiegel zu und erbot sich, ihn in seinem Salon als Stellvertreter zu beschäftigen.

Nun stellte sich Eulenspiegel zu den Spitzenkräften und begann zu schnipseln, kneten stampfen und brutzeln, sodass den Mitköchen die Augen übergingen und sie nur zu Handreichungen für Eulenspiegels umtriebige Arbeit degradiert wurden. Die Bundis starrten alle wie gebannt auf das, was Eulenspiegel in der Küche trieb. Mit dem Ergebnis, dass er nervös wurde und des Öfteren einen Kochlöffel oder das Nudelholz auf den Boden fallen ließ, ja sogar seinen Fuß schmerzhaft traf. Alle lachten schadenfroh und klatschten dazu in die Hände.

Eulenspiegel ließ sich diese Schmach nicht anmerken, er dachte im Stillen: „Wer zuletzt lacht, lacht am besten", und rieb sich bereits die Hände.

Inzwischen gingen die Debatten in den Reihen der Abgeordneten munter weiter. Ein Abgeordneter trat an das Rednerpult, schnäuzte sich kurz: „Wir sehen in den Kochshows prominente Laien, die Messer und Kochlöffel schwingen, ansonsten keine Ahnung haben und zur Fettleibigkeit der Zuschauer einen enormen Beitrag leisten. Die Kinder sitzen dann vor solchen Sendungen, stopfen wahllos Ships in sich hinein und erreichen fette Körpermaße, die manchem Erwachsenen eine Träne aus dem linken Augenlid presst. Ich meine jeden Tag nur eine solche Show, zwei und mehr sind deutlich zu viel in unseren öffentlich-rechtlichen Programmen."

„Herr Abgeordneter, gestatten Sie eine Zwischenfrage", ein Hinterbänkler trat an das Saalmikrofon, „was, wenn bei den Prominenten ein Comedian die Kochshow bereichert, der sich wundert, wie auf einem Herd heißes Wasser erzeugt wird und er sich nicht die Hände verbrennt?"

„Nun ja, er hat sie nicht in den Topf gehalten – ha, ha, ha, kleiner Scherz. Aber im Ernst, es ist doch wundervoll, wie so ein Kerlchen mit seinem Bühnenschwachsinn ganze Stadien füllt und obendrein noch Zeit findet, eine solch magere Show aufzupolieren – nicht wahr, das ist doch sehr sozial, wenn ich an den finanziellen Verlust denke, den dieser Mensch erleidet!"

Da sein Debattenbeitrag ohnehin beendet war, schlug er hoch erhobenen Hauptes den Weg zu seinem Stammplatz ein.

Nun trat ein Herzchen, eine liebe Dame ans Rednerpult und flötete: „Was habt ihr nur gegen das Kochen, Leute? Ja, ist es nicht wunderbar, wenn ein Wettstreit ganz natürlich, mit Darstellern des öffentlichen Lebens ausgetragen wird? Der Spaß ist einfach vortrefflich, wenn die Suppe dampft, das Fleisch schmort und herrliche Gerichte zum Nachkochen anregen. Sehen Sie mich an", dabei trat sie vor das Rednerpult und drehte ihre 160 Kilo im Kreise, „alles selbst erarbeitet aus dem Fernsehen", und klopfte sich genießerisch auf ihr ausladendes Hinterteil. „Nur weiter so mit diesen Kochsendungen, jedes Kilo ein purer Gewinn", rief sie enthusiastisch, watschelte fröhlich auf ihren Sessel zu und plumpste schließlich mit hörbarem Stöhnen hinein.

Nach zwei weiteren Stunden der hitzigen Debatte gab es dann ein mehrgängiges Menü, das die Saaldiener an die Sessel der Abgeordneten trugen. Kurz nach Einnahme dieser Köstlichkeiten setzte plötzlich ein flottes Rennen auf die Toiletten des Hauses ein. Bald konnten diese Einrichtungen den Ansturm nicht mehr bewältigen. All diejenigen, die es nicht schafften (insbesondere die vielen Alten und Dicken im Bundestag), benutzten die weitverzweigten Gänge dieses Hohen Hauses. Somit endeten die Debatten um die Kochshows im Fernsehen sehr schnell, da sämtliche Teilnehmer sich unterwegs befanden. Man rätselte eine Weile, was denn wohl passiert und was die Ursache dieser Rennerei auf die Bundestagstoiletten sei. Die Köche sahen sich an und entdeckten, dass nur Eulenspiegel die Ursache in der Hand, nein, in der Tüte mit dem Abführmittel hielt. Schnell wurde Eulenspiegel als wahrer Urheber dieses Zustands herausgefunden. Die Sicherheitskräfte des Bundestages rückten an, um ihn festzunehmen.

Bevor sie ihn erreichten, rief er noch in den Plenarsaal: „So wie es jetzt in den Gängen des Bundestages aussieht, werden es bald die Hunde in der ganzen Stadt geschafft haben."

Er entzog sich wie immer durch eine schnelle Flucht, bereit zu neuen Taten. Die Presse berichtete, wie jeder Einzelne der hochverehrten Volksvertreter das Sausen und auf welchen Wegen er seine Erleichterung hinbekam. Das ganze Land lachte wochenlang über den Streich und meinte, diese Debatte war das verschwendete Geld wahrhaftig wert.

SCHULISCHE LERNMETHODEN

Jeden Tag lief sie den gleichen Weg. Von der Wohnung, einem kleinen Einfamilienhaus, das sie ihr Eigen nannte, bis zur Schule. Ein Gymnasium, das Einzige dieser Art in einer kleinen Stadt. Manchmal nahm sie einen winzigen Umweg, um ihre persönliche Körpererhaltung durch Einkäufe zu gewährleisten. Eine Beschäftigung, die nur kurze Begegnungen mit den verschiedenen Ladenbesitzern beinhaltete, die unvermeidlich waren. Das Haus, ihr Haus, lag an einem kleinen Fluss und sie bewohnte es allein. Vor langer Zeit hatte sie es von ihrer Mutter geerbt, die Flötenlehrerin gewesen war und die eine Generation von flötenspielenden Stadtmenschen ausgebildet hatte. Die Stadtpfeifer profilierten sich in dieser Zeit und waren über die Stadtgrenzen hinaus mit ihren Auftritten bekannt. Ihren Vater kannte sie nicht und die Mutter verschwieg dessen Existenz; warum war nicht zu klären. Sie, inzwischen eine ältliche Person, die als Fräulein Gengel Englisch im Gymnasium unterrichtete. Sie legte Wert darauf, dass man sie als „Fräulein Gengel" anredete.

Herr Ziunke, ihr Schumacher und erklärter Nazigegner, meinte, dass sie bei der Figur und dem Aussehen bei verschiedenen Dörrgemüsen Modell gestanden hätte. Zu ihrem näheren Umfeld gehörte eine Hauskatze, die sie maßlos verwöhnte. Männer gab es für sie nicht. In ihren jungen Jahren hatte sie keine Zeit gehabt, und dann der Krieg, der ihre männliche Altersgruppe dem Kriegsgott zugeführt hatte. Wer sollte sich jetzt noch an sie heranwagen. Man vermutete, dass sie den Konrektor des Gymnasiums, Herrn Doktor Kleis, heimlich verehrte, ja vielleicht sogar liebte, aber das war wohl ein unhaltbares Gerücht, das in der Schülerschar ausgestreut worden war. Ihren Unterricht beherrschte sie perfekt, wenn auch unpersönlich, konnte sich jedoch Seitenhiebe auf das Schülerverhalten nicht verkneifen. Vor jedem Schuljahr nach den Ferien wiederholte sie regelmäßig, dass sie zwölf Jahre im Königreich England verbracht habe und ihr keiner – dazu gehörten die anderen Englischlehrer des Gymnasiums und selbstverständlich die Schüler – in der Sprache Englisch das Wasser reichen könne. Herr Doktor Kleis sprach kein Englisch, seine Blicke glitten bei schulischen Begegnungen an der dürren Gestalt des Fräulein Gengel ab. Sie blieben nur manchmal an ihrem herrlich gebundenen Knoten hängen, den sie mit ihren entzückenden blonden Haaren am Hinterkopf befestigt hatte. Diese geringen Funken in seinen braunen Augen riefen nur die blanken Brillengläser hervor, versetzten sie aber in eine gewisse Hochstimmung. Ihr ledergegerbtes Gesicht von immer brauner Hautfarbe und der elegant, schief nach vorn gehaltene Kopf wirkten asketisch und auf Herrn Reim, einen kleinen dicklichen Lehrer mit geringem Haarwuchs, äußerst anziehend. Den mochte sie nicht und sein Auftauchen zauberte einen abschätzenden, arroganten Ausdruck in ihr Gesicht.

Doktor Kleis, ein gut aussehender Mitfünfziger, in dem Alter als Kriegsuntüchtiger angesehen, konnte den zweiten Weltkrieg und die Ostfront nicht mit seiner Anwesenheit beehren. Diese zurückgelassene männliche Altersgruppe, hochbegehrt von jungen Witwen und Damen der im Krieg weilenden Männer, machte formlose Treffen möglich und löste ein gewisses Zusammengehörigkeitsgefühl aus. So nicht bei unserem Doktor Kleis, der eine eifersüchtige und wachsamen Ehefrau an seiner Seite wusste. Weder dieser Grund noch das Aussehen Fräulein Gengels boten eine Chance, dass er sie erotisch beachtenswert finden würde. Frau Wagenknecht, eine gut aussehende Lehrerin im Kollegium, warf ebenfalls ohne Erfolg beide Augen auf Doktor Kleis. Nun, wie auch immer, sie entpuppte sich als echte Konkurrenz zu Fräulein Gengel.

Eines Tages war Fräulein Gengel unterwegs, um auf ihre Marken Brot einzukaufen. So nahm sie den kleinen Umweg zum Bäcker Flanse in Kauf, um sich ihre Abendbrotschnitten zu sichern. Zufällig war Doktor Kleis auf dem gleichen Weg. Sie trafen sich vor der Bäckerei und er hob geziert seinen grauen Filzhut und neigte grüßend seinen Kopf. Er hielt die Tür auf und gewährte ihr den Vortritt. Nach ihrem Broteinkauf gingen sie gemeinsam aus dem Laden. Beider Heimweg lag in der gleichen Richtung. Doktor Kleis hatte den kürzeren Weg, während Fräulein Gengel noch über die Brücke des kleinen Flusses bis zu ihrem Häuschen laufen musste.

Der gemeinsame Weg ging über den Schlossplatz, der als Anlage für erholungsuchende Städter ausgebaut und von Bäumen sowie einigen Denkmälern und Bänken zum Verschnaufen verschönt war. Sie gingen auf das Reiterstandbild des Husarengenerals Schill zu, das neben einer riesigen Eiche stand, unter der sich zu diesem Zeitpunkt etwas Sonderbares abspielte. An dieser Eiche befanden sich zwei Mädchen, Uschi und Marianne, ein Zwillingspaar aus der Klasse von Fräulein Gengel, und der Junge Hartmut aus der Klasse von Herrn Doktor Kleis. Sie schienen ihre Lehrer nicht zu bemerken, denn ein Mädchen hatte in gebückter Haltung ihren Rock gehoben und der Junge stemmte sich mit eindeutigen Bewegungen in gerader Haltung gegen das nackte Hinterteil des Mädchens, während das andere Mädchen dem Treiben interessiert zuschaute. Beide Lehrer standen sprachlos erstarrt, sahen dem Schauspiel zu und konnten noch den Wechsel zum anderen Mädchen erleben. Die Blicke von Doktor Kleis richteten sich mit einigem Wohlwollen auf die Dreiergruppe, während Fräulein Gengels Basedowaugen fast aus den Augenhöhlen quollen.

Nach einer geraumen Weile hüstelte Doktor Kleis leicht und vernehmlich. Das beschäftigte Mädchen richtete sich erschrocken auf während der Junge Hartmut nun seine Pracht gezwungenermaßen zur Schau stellte, sich dann schnell zur Seite drehte und seine Hosen in Ordnung brachte. Fräulein Gengel schrie entsetzt auf, während Uschi und Marianne das Weite suchten. Bevor Hartmut verschwinden konnte, hielt ihn Doktor Kleis fest. Zu ihm gewandt verlor er nur vier Worte: „Das hat ein Nachspiel!", ehe er ihn losließ. Er lächelte innerlich über das Nachspiel, wenn er an das eben verpasste Vorspiel dachte. Fräulein Gengel schaute nach ihrem lauten Ausbruch verschämt zu Doktor Kleis und sagte nichts mehr, ehe sie sich von ihm verabschiedete und ihrem Haus zustrebte. Das Brot hatte sie fallen lassen, und als sie dies nach einigen Schritten bemerkte, kehrte sie um, hob es auf und verschwand endgültig vom Schauplatz des Geschehens. Ihr Entsetzen hinderte sie nicht daran, ihrer Schneiderin Frau Barborsick und der Friseuse Frau Hummel detailgetreu von diesem Erlebnis zu erzählen. Schließlich beichtete sie es dem Pfarrer, weil sie sich nicht sicher war, ob der Anblick dieser drei nicht eine Sünde gewesen war. Frau Barborsick und Frau Hummel erzählten es all ihren Kunden und diese trugen es weiter, bis es in der ganzen Stadt bekannt war. Nur der Pfarrer schwieg wegen der christlichen Schweigepflicht.

Doktor Kleis als Konrektor hatte die Pflicht, es dem Rektor und der wiederum der obersten Schulbehörde zu melden. Nach eingehender Prüfung durch die Schulbehörde erfolgte der Ausschluss der drei Schüler vom Gymnasium. Fräulein Gengel war zufrieden, obwohl nun lebenslang ein Makel an ihr haftete, da beide Mädchen in ihre Klasse gegangen waren.

Sie lief regelmäßig an den Wochenenden auf den Rummelplatz, der, nicht weit von der Schule entfernt, im Sommer Alt und Jung zusammenrief. Ein Vergnügen besonderer Art, da der Ort sonst wenige Vergnügungen zu bieten hatte. Sie konnte sich nicht sattsehen an den fliegenden Menschen auf dem Schleuderkarussell und den Luftschaukeln. Wenn die Röcke flogen und die Schenkel der Mädchen sichtbar wurden, oder wenn stramme Männer mit festem Hüftschwung die Mädchen in der Luftschaukel bewegten. Sie stellte sich vor, sie säße in einem Sessel des Schleuderkarussells, ein Seil am angehängten Sessel würde reißen und sie würde bis in den Himmel fliegen. Der Lehrer Winkler aus ihrem Lehrerkollegium beobachtete sie oft, wenn er mit seinen Enkeln den Rummelplatz besuchte.

Er sah dann ihre entrückte Miene und erkannte, dass sie niemanden um sich herum wahrnahm. Seine Enkel konnten diese wilden Fahrgeschäfte noch nicht benutzen, ihnen blieb das kleine Karussell, das mit statischen Figuren wie Schweinen, Elefanten, Feuerwehrautos und verschiedenen anderen Autos und Motorrädern bestückt war. Dieses Karussell drehten vier Jungen, die auf einer Bühne oberhalb des Fahrwerkes in die verstrebenden Speichen griffen und immer im Kreise herumliefen. So drehte sich das Karussell in einer Geschwindigkeit, die von der Kondition der Jungen abhing. Sie reagierten auf eine Glocke, die nach jeder Tour das Signal zum Anhalten und kurz darauf zum erneuten Starten gab. Damit verdienten sie sich an den schulfreien Wochenenden ihr Taschengeld.

Nach den Vorbereitungen für die Schule und dem Korrigieren der Klassenarbeiten las Fräulein Gengel gern Bücher. Auf dem Marktplatz, wo mittig das Rathaus stand, reihten sich Geschäfte. Dazu gehörte die Buchhandlung von Herrn Scheffner, Ernst Scheffner. Seine Frau sagte immer: „Ernst, wasch dir die Hände, wenn du aus dem Laden kommst, und zieh die Pantoffeln an", und das mehrmals am Tage, immer dann, wenn eine Pause den Laden geschlossen hielt. Das jeden Tag und jedes Jahr und die ganze Zeit ihrer Ehe. „Emma", sagte er zu seiner Frau, „Emma, übertreibe es nicht mit deiner ständig gleichen Maßregelung", die nicht die Einzige war, der er sich ausgesetzt fühlte. Aber Ernst gewöhnte sich daran, wie er sich an so vieles, was seine Frau von sich gab, gewöhnt hatte. Über dem Laden lagen die Wohnräume der Scheffners. Ernst saß in diesem Haus, in seinem väterlichen Erbe, nur das Kommando gehörte seiner Frau. Eine runde Bauerntriene, deren Umfang leicht mit dem oberen Turmabschnitt des Rathauses vergleichbar war. Dafür übernahmen seine Maße die darüber liegende Spitze des Turmes. Wenn sie nebeneinander gingen, schlug sie bei jedem Schritt an die Turmspitze. Es fehlte bei ihr nur das Uhrwerk, aber dafür konnte sie pausenlos zur immer gleichen Zeiten ihre Sprüche ablassen. Kinder gab es bei den beiden keine, was hätten sie auch mit denen anfangen sollen.

Fräulein Gengel liebte es, sich in der Buchhandlung ausführlich klassische Bücher von Goethe, Schiller und manchmal die von Kurt Tucholsky oder Dumas anzusehen. Sie blätterte nur und kaufte keines dieser Werke. Herr Scheffner konnte sich jedenfalls nicht daran erinnern, dass sie von diesen Werken in den letzten Jahren auch nur eines erworben hätte. Beim Blättern schielte sie heimlich in eine Regalecke, die am Ende gleich in der Nähe des Verkaufstisches von Herrn Scheffner lag. Dort ruhten leicht versteckt, aber gut sortiert die kleinen Groschenhefte. Liebes-, Fürsten- und Heimatromane. Eine reiche Auswahl an Trivialliteratur. Wenn niemand außer Herrn Scheffner im Laden war, huschte Fräulein Gengel in die Ecke und ergriff eine der neuesten Ausgaben. Herr Scheffner wusste, welche Heftchen sie bereits besaß, denn seine Buchführung konnte mit den immerwährenden Reden seines *Rundturmes* mithalten. Stets legte er die neuesten Ausgaben obenauf und ersparte Fräulein Gengel unangenehme Augenblicke beim eventuellen Auftauchen andere Kunden. Sie schenkte ihm dafür vertrauensvolle Augenaufschläge und manchmal berührte sie sogar seine Hand. Sie griff stets rasch nach ihren Heften und bezahlte den immer gleichen Preis, bevor sie fluchtartig den Laden verließ.

Diese beiden Leidenschaften konnte Fräulein Gengel in einer Kleinstadt, wo fast jeder jeden kannte, nicht unbeobachtet ausleben. So gab es viele heimliche Reden über sie in der Stadt und mancher Stammtisch in den Kneipen der Stadt zog daraus den Gesprächsstoff.

Fräulein Gengel trug immer lange Leinenröcke, manchmal auch Baumwollröcke, je nach Jahreszeit, und darunter Schuhe, die sie maßgerecht anfertigen ließ. Hohe Schnürschuhe, die sie beim Schuhmachermeister Richard Ziunke in Auftrag gab. Der wohnte in einem großen historischen Haus am Markt, der „alten Münze", in der im Mittelalter die Münzen für die Stadt geprägt worden waren. Jetzt wohnten für eine geringe Miete alteingesessene Städter in diesem Haus. Er, Richard Ziunke, unverheiratet, hatte seine Werkstatt und Wohnung in der ersten Etage. Ein Zimmer auf dem großen Flur, in dem ihn seine Dauerverlobte mehrmals in der Woche besuchte. Sonst stand sein Bett in der Werkstatt neben dem Arbeitstisch, auf dem die mit Wasser gefüllte Schusterkugel stand, die von einer dahinter aufgestellten Petroleumlampe angestrahlt wurde. Böse Zungen behaupteten, er würde aus der schillernden Kugel die Zukunft voraussagen. Manchmal glaubte er selbst daran, wenn er vor der Kugel saß und ein fettes Eisbein wahrzunehmen glaubte, das seine Verlobte ihm in nächster Zeit kochen würde.

Diese drei, der Schuhmachermeister Richard Ziunke, der Lehrer Max Winkler und der Buchhändler Ernst Scheffner, trafen sich regelmäßig in der Kneipe *Zum Tuppe*, um ihren Skat zu dreschen. Jeden Samstag regelmäßig um fünfzehn Uhr saßen sie an ihrem reservierten Tisch, tranken erst einen Kurzen und einen Langen und einer gab die Karten aus.

Es war allgemein und im Besonderen in der Schule bekannt, dass die Mutter von Fräulein Gengel, bevor sie ihren letzten Ton gepfiffen, der Tochter das Flötenspiel beigebracht hatte. Die Querflöte kam ihrer schiefen Kopfhaltung entgegen, ja sie drängte sich ihr förmlich auf. Nach ihrer anstrengenden Tätigkeit griff sie zu ihrem kostbaren Instrument und pfiff öfter abendlich Töne an den Mond. Es konnte vorkommen, dass sie nach dem Unterricht, wenn das Lehrerzimmer keinen Lehrer mehr wähnte, zur Flöte griff und die Möbel lautstark in Schwingungen versetzte. Mit einer heimlichen Hoffnung, dass der eine oder andere ihrem Spiel lauschte und damit ihrer Kunst die nötige Aufmerksamkeit entgegenbrachte. Die Katze in ihrem Wohnhaus verbrachte dank des Flötenspieles kleine Protesthäufchen auf ihre Polstermöbel. Der Lehrer Winkler mit dem schönen Vornamen Max brachte so manches Schulereignis unter seine Skatbrüder, wobei ihm die anderen zwei mit Erlebnissen aus ihrem Berufsalltag in nichts nachstanden.

Die drei Skatbrüder redeten während des Spiels und danach viel. Je mehr sie dabei den Wirt vom *Tuppe* zwischen dem Bierhahn und ihrem Tisch bewegten, umso intensiver sprudelten die Gespräche, die ganz geheime Formen annahmen. Das Ereignis in den Schlossanlagen hatte sie erreicht und zum Gespräch über Fräulein Gengel angeregt. Dazu kamen die einzelnen Erlebnisse und Beobachtungen, die jeder von ihnen gemacht hatte. Der Lehrer Winkler, ihr Kollege, hatte einmal unbeabsichtigt ihrem Flötenspiel gelauscht. Der Unterricht und die Folgearbeiten im Lehrerzimmer waren beendet gewesen und er war vor Fräulein Gengel, die als Letzte noch im Raume war, aus der Tür gegangen. Auf dem Heimweg bemerkte er, dass ihm etwas in seiner Hand fehlte. Nach einiger Zeit des Weges fiel ihm ein: Meine Tasche ist nicht in meiner Hand! Er drehte um, kam wieder in das Lehrerzimmer und sah seine Kollegin mit geschlossenen Augen völlig entrückt ein Volkslied blasen. Er glaubte sich zu erinnern, es war „Der Mai ist gekommen“. Sie bemerkte ihn nicht, er schnappte seine Tasche und verschwand. „Es hörte sich ganz reizend an. Ich kam dabei zu der Überlegung, ob wir nicht in derselben Skatformation bei ihr Flötenunterricht nehmen sollten.“ Das versuchte er zu bereits vorgerückter Stunde seinen Mitstreitern vorzuschlagen. Als nach etlichen Biergängen des Wirtes seine Idee auf den Skattisch kam, wehrten die beiden dieses Ansinnen empört zurück.

„Außerdem ist so eine Flöte viel zu teuer. Und die Nachbarn – bei der Pfeiferei!“ Ernst dachte dabei an seine Emma, die würde keine müde Mark rausrücken.

„Wir könnten irgendwann die Stadtpfeifer verstärken“, argumentiert der Lehrer Winkler. „Paradeuniform mit jeglicher Ausrüstung, das wäre was für dich.“ Er schaute auf die dürre Figur des Buchhändlers, der jetzt regelrecht in seinem Anzug von der Stange hing. „Wir könnten unsere Abende um einen Abend außer Haus erweitern! Denkt mal an unsere Frauen.“

Richard und Ernst wollten sich nicht mit dieser Idee anfreunden, sein zu geringer Alkoholpegel konnte die Argumente noch entkräften.

„Wir machen uns nur lächerlich", so Richard. „Der Kanarienvogel meiner Nachbarn würde ununterbrochen sein Lied trällern und dann vor Entkräftung vom Stängel fallen."

Damit gingen sie auseinander.

Am nächsten Tag nüchtern geworden ließ sie der Gedanke nicht los. Ernst bediente in dieser Woche Fräulein Gengel mit der üblichen schöngeistigen Literatur und dachte: „So übel sieht die nicht aus." Er beobachtete sie mit neuem Flötenlernblick. Schlank und oben rum ganz passabel. Seine Emma konnte da nicht mithalten, und dann noch die Flöterei! Emma redete zwar viel, aber nicht sehr melodisch. Am nächsten Skatabend war er kurz davor, sich zu dem Unterricht zu entschließen, bis auf die teure Querflöte, deren Kauf er seiner Emma verklickern musste. Da wollte er an seine kleine Tonne ran, die das Geld verwaltete. Eine Blockflöte wäre von seinem Taschengeld abgefallen, aber eine Querflöte stellte schon eine Investition dar. Einen Tag vor seinem Skatabend brachte er sein Ansinnen, Unterricht bei Fräulein Gengel nehmen zu wollen, Emma vor. Sie riss ihre Augen ungläubig auf und sagte erst mal gar nichts. Frau Girndt Marta, seine Schwiegermutter, die zwei Häuser weiter wohnte, wurde von ihrer Tochter sofort informiert. Sie, deren Maße in der Brustregion gewaltig waren, in Anlehnung an die Bauchregion ihrer Tochter, warnte diese: „Ernst könnte ja mit der Lehrerin was anfangen, und was dann?" Sie hob die Schultern hoch, nur der Busen blieb erstaunlicherweise unten. Ernst hatte sich vor seiner Heirat mit Emma ihre Mutter angesehen und war von ihren respektablen Bällen hell begeistert gewesen. Er hatte nicht ahnen können, dass die Dimensionen seiner Emma an anderer Stelle eben diese Ausmaße annehmen würden. Er hatte vergessen, ihren Vater ernsthaft zu betrachten. Emma verweigerte ihm den Kauf des begehrten Objektes aus, wie gesagt, völlig anderen Motiven, als er angenommen hatte.

Sie saßen wieder am Stammtisch. Der Wirt vom *Tuppe* brachte die üblichen Anfangsgetränke. Der Lehrer Winkler beobachtete seine Mitskater, die alles Mögliche erzählten, nur das Thema „Fräulein Gengel", das sonst immer auf der Tagesordnung stand, aussparten. Er wusste, die beiden hatten sich mit seinem Vorschlag intensiv beschäftigt. „Na was ist, habt ihr euch meinem Vorschlag überlegt?" Er sah in ihre verlegenen Gesichter und wusste, sie würden mitmachen. „Ich könnte mich mit dem Gedanken anfreunden. Nur wo nehme ich eine Flöte her?" Richard sah da Probleme, die er nur mit einem größeren Schuhnagelverbrauch lösen konnte. Dafür musste er seinen Kunden bei Schuhreparaturen Ledersohlen einreden, die er nur mit Holztexen annageln konnte. Teuer, aber gut. Die Glaskugel gab da keine vernünftige Antwort und seine Sehkraft versagte hier. Walburga, seine Braut, die für eine musikalische Bereicherung ihres Liebeslebens war, konnte keine bessere Idee entwickeln. Der Lehrer Winkler kannte sich aus. In der Großstadt, die nur siebenundzwanzig Kilometer entfernt war, wusste er einen Musikladen, der alle Instrumente im Angebot hatte, so auch Querflöten.

Ernst druckste herum, da er von seiner Emma kein Geld erwarten konnte. Er schämte sich, in dieser Runde seine Unterfinanzierung zu entwickeln.

Sie kamen überein, erst einmal Fräulein Gengel aufzusuchen, um ihr Begehren vorzutragen. Eines Samstagvormittags machten sie sich auf den Weg, ihr Häuschen am Fluss aufzusuchen.

Auf dem Weg kamen ihnen immer wieder Zweifel, ob sie wohl ... oder nicht! Ernst meinte sogar: „Wenn nun ein Hochwasser uns am Unterricht hindern würde oder das Häuschen vom Fluss überspült wäre und ihr Unterricht den teuren Kauf der Flöten nicht rechtfertigt ..." Dann standen sie plötzlich vor dem Häuschen. Sie zogen an der Schelle, sie öffnete zögernd und schaute erstaunt auf die drei ihr bekannten Gestalten. Sie wurden in den „Salon" geführt ein mit dunkelroten Plüschmöbeln und der Katze besetztes Zimmer. Als sie bequem saßen, schwärmte Max, der Lehrer, von ihrem wunderschönen Flötenspiel und er erfand noch andere Schmeicheleien. Sie zeigte ihr freundlichstes Gesicht und erfuhr mit Genugtuung vom illegalen Lauschen ihrer Kunst im Lehrerzimmer. Die Katze saß inzwischen auf dem Schoß von Richard, der Katzen nicht ausstehen konnte. Der Ledergeruch zog das Vieh sicher an. Er lächelte säuerlich und versuchte das Tier mit zwickenden Handgriffen loszuwerden, jedoch ohne Erfolg. Da sie ja ein großes Anliegen hatten, hielt er sich leidend zurück. Fräulein Gengel hörte noch dieses und jenes aus den schöngeistigen Reden der drei. Richard hielt es nicht mehr aus und sprang spontan auf, nicht zuletzt, um die Katze loszuwerden, stellte sich theatralisch vor das Plüschsofa und rief: „Wollen Sie uns, verehrte Meisterin, in der Kunst des Flötenspiels unterrichten?" Die anderen beiden nickten heftig dazu.

Das braune faltenreiche Gesicht der Dame schmiss mit ihrem entzückenden Lächeln weitere Falten und sie schaute erst einmal mit vornehmer Zurückhaltung, aber innerlich triumphierend auf ihre Katze, die inzwischen vor ihren Füßen hockte. „Aber meine Herren ich bin nur eine kleine Englischlehrerin, wenn ich auch die Sprache in England perfektioniert habe", konnte sie sich nicht verkneifen zu sagen. „Musik ist allerdings meine große Leidenschaft, Abwechslung im Alltag, Entspannung, ja und auch letzte Erfüllung."

„Mein Gott", dachte Ernst und hob sein Gesicht, dessen Blicke bisher der Katze gegolten hatten. „Welch ein Anspruch und dann ihr Konsum dieser Literatur!“

„Ich beherrsche die Kunst, eine Flöte an die Lippen zu führen, und es ist mir eine Ehre, diese an so hervorragende Vertreter der Stadt weiterzugeben.“

Sie besprachen noch einige Einzelheiten, so zum Beispiel den Preis einer Querflöte und ihr bescheidenes Unterrichtssalär, und verabredeten zum nächsten Monat den Unterrichtsbeginn. Erst einmal zur Einführung alle drei gemeinsam und dann den Einzelunterricht.

Sie verabschiedeten sich. Auf dem Heimweg zeigte sich Ernst bereit, die drei Flöten in der Hauptstadt zu kaufen, da er sowieso zum Büchereinkauf dorthin musste. Insgeheim wollte er seine Zahlungsunfähigkeit vor den beiden anderen verbergen. Der Katalog, den er bestellt hatte, gab ihm Auskunft über die Preise der erträumten Instrumente.

Lehrer Winkler, der liebe Max, und Richard gaben ihm am nächsten Tag das Geld, mit dem er dann loszog. Im von Max beschriebenen Musikgeschäft kaufte Ernst drei Querflöten, wobei er Mengenrabatt bekam und seine Flöte auf Abzahlung erwarb. Sparen war bei ihm in der Folgezeit angesagt. Beim Skat trank er plötzlich nur noch Wasser, weil er es angeblich mit dem Magen hatte. Er begrenzte das Finanzlimit, indem er aussetzende Runden für alle einschob, die die beiden anderen mit einigen zusätzlichen Bierchen überbrückten.

Der Unterrichtstag brach heran. Die erste Stunde gemeinsam zur Einstimmung im *Salon* von Fräulein Gengel. Sie erläuterte, wie eine Querflöte angesetzt wurde. Und wiederholte immer wieder, der Ansatz sei wichtig. Ernst kam bei den Wiederholungen ganz durcheinander. Er hatte beim Ansetzen bei seiner Emma was verkehrt gemacht, sonst hätten sie sicher ein Kind. Im Gespräch nach der beendeten Einführung meinte Richard, der Schuster, sie könne ja auf dem Rummel ihr Talent entfalten und zur Drehorgel des Kinderkarussell die Flöte blasen.

„Dann lieber beim Schleuderkarussell, wo der Wind so schön weht“, meinte Max, der Lehrer.

„Ein wunderschöner Vorschlag, Herr Kollege, wenn Sie meinen, mir das zuzutrauen.“

„Unbedingt, bei diesem Talent. Nur im Kämmerlein die Erfüllung, das ist ja die reinste Verschwendung.“

Die anderen beiden drängten sie ebenfalls zu diesen Auftritten.

Dieses Gespräch ließen sie nun auf sich beruhen, es würde sich eine Gelegenheit finden, darauf zurückzukommen.

Bald darauf begann der Einzelunterricht. Ernst setzte den Unterricht bei seiner Emma durch, wenn auch immer ein Heulen und Stöhnen bei seinem Eheweib nicht ausblieb. Die Flöte gab er bei Emma als Leihgabe von den Stadtpfeifern aus.

Nach jeder Unterrichtsstunde lauerte Emma bereits auf sein Kommen. Kaum betrat er die Wohnung, gab es eine genaue Gemüts- und Launenvisite. Sie stellte sich dann vor ihm auf, platzierte ihre beiden antiken Säulen dicht vor seine übergroßen Füße, schaute ihm in die Augen und begann mit der Befragung: „Nun, mein Liebling, spiel mir vor, was du heute gelernt hast. War Fräulein Gengel nett zu dir? War ihr Zimmer aufgeräumt? Was hatte sie an? Hast du beim Unterricht gestanden oder gesessen?" Pausenlos prasselten ihre Fragen, bei denen sie seine Reaktionen genau beobachtete, auf ihn ein. Sie flötete ihn regelrecht an, als wollte sie ihm Konkurrenz machen.

Ernst konnte nicht glauben, dass Emma einen charakterlichen Wandel vollzogen hatte, seit er in den Flötenunterricht ging. Das ging so eigenartig weiter, er erzählte aus seinen Flötenerfahrungen bei Fräulein Gengel und seine Emma flötete ihn an. Er ahnte, dass sie die Eifersucht plagte und er streute in seinen Berichten immer einige Positiva über Fräulein Gengel ein. Er beobachtete dabei das Gesicht seiner Angetrauten und sah, wie sich ihre Säulen strafften und in ihrem Gesicht eine erhöhte Aufmerksamkeit zu beobachten war. Er war auf dem richtigen Weg und hoffte, dass sein Unterricht ewig währen würde. Er durfte jetzt sogar in den Ladenschuhen die Wohnung betreten, nur seine Hände musste er nach wie vor nach der Ladenarbeit waschen. Aber im Bett war sie jetzt sehr liebebedürftig, sodass er seine liebe Mühe hatte, die er bereitwillig in Kauf nahm. Kurz gesagt, es ging ihm besser als je zuvor.

Nach einem Jahr Unterricht beherrschte er den Flötenansatz, wie man mit den Lippen am Mundstück arbeitete und das Fließen des Luftstromes kontrollierte, sodass einige Töne melodisch aus dem Instrument quollen und damit seinen Eifer weiter anfeuerten. Bald danach konnte er das Lied *Der Mond ist aufgegangen* spielen und Emma sah jetzt den Mond mit anderen Augen, wenn Ernst jede Woche abends am Fenster stand und mit geschlossenen Augen den Mond anblies. Nach einem weiteren halben Jahr des intensiven Unterrichts war das Lied *Der Mai ist gekommen* bewältigt. Nun stockte der weitere Leistungsfortschritt und Emma malte sich die wildesten Szenen zwischen Fräulein Gengel und ihrem Ernst aus. Er hatte sie mitunter in seinen Berichten versehentlich mit Margarete, ihrem Vornamen, bezeichnet. Sie machte diese, seine Ausrutscher im Bett wieder wett, sodass er nun etwas vorsichtiger agierte.

Bisher waren die wöchentlichen Gespräche am Skattisch im „Tuppe" über Fräulein Gengel ausgeblieben. Bis Richard eines Samstagnachmittags das Gespräch auf seine Kundin der flotten Maßschuhe brachte, deren zweite Sohle er gestern angeklebt und in den Spannstock geschraubt hatte. „Zierliche Füße hat sie ja, nur der Spann ist etwas zu hoch, aber einem Fachmann wie mir kann das keine Schwierigkeiten bereiten. Mir geht es leicht von der Hand", betonte er. Ernst streckte sich und zog verlegen am rechten Bartende seines Schnauzers. „Der Unterricht", druckste er, „kommt nicht recht voran." Seit einem Jahr spiele ich *Der Mai ist gekommen* und der nächste Mai ist bald wieder heran."

Nun wurden die anderen beiden lebendig und ihre Reden über Fräulein Gengel überschlugen sich geradezu. Alle drei hatten die gleichen Probleme mit ihrem fortschreitenden Unterricht. Nur Ernst meinte, dass es doch sehr schön so wäre, er dachte dabei an seine liebevolle, liebestolle Emma.

Sie beschlossen, Fräulein Gengel zu dritt zur Rede zu stellen.

Am nächsten Unterrichtstag, dem vom Lehrer Max Winkler, trabten sie zum Häuschen am Fluss und wurden erstaunt in den „Salon" gebeten. Fräulein Gengel war noch erstaunter, dass ihr Unterrichtsfortschritt bemängelt wurde. „Aber, aber, meine Herren, ich sagte Ihnen doch, dass ich nur eine kleine Englischlehrerin bin und nur eine begeisterte Flötenspielerin."

Im anschließenden längeren Gespräch stellte sich heraus, dass sie noch ein weiteres Lied draufhatte, und zwar „*Sah ein Knab ein Röslein stehn*. Sie berichtete den drei Herren weiter, dass sie auf dringendes Anraten ihres verehrten Kollegen Winkler einen Vertrag mit dem Rummelverantwortlichen der Stadt abgeschlossen habe, der sie verpflichte, zwei Jahre lang während der Saison auf dem Rummelplatz die Flöte zu blasen. „Schon am nächsten Samstag werde ich die Drehorgel am Schleuderkarussell mit meiner Flöte begleiten." Nach einigen freundlichen Worten verabschiedete sie die drei mit der Aufforderung, den nächsten Unterricht nicht zu versäumen. Nach einem weiteren viertel Jahr, in dem sie noch das schöne Volkslied *Sah ein Knab ein Röslein stehn* erlernten, verabschiedeten sich Max Winkler und Richard Ziunke aus ihrem Unterricht, jedoch ohne Verständnis vonseiten ihrer Lehrerin. Ernst harrte weiter aus, ihm konnte es mit seiner Emma nicht besser gehen und die Flöte musste sich mit seinen mühsam zusammengesparten Raten amortisieren.

Max Winkler marschierte mit seinen Enkeln am nächsten Samstag zum Rummelplatz und erlebte Fräulein Gengel auf dem Podium des Schleuderkarussells. Über ein Mikrofon begleitete sie die Drehorgel auf ihrem Instrument. Zuerst das gemeinsame Lied *Der Mai ist gekommen*, das allerliebst anzuhören war. Danach dröhnte die Orgel *Im Märzen der Bauer die Rösslein einspannt.* Fräulein Gengel konnte das Lied nicht und flötete irgendwelche Töne dazwischen. Dann folgten die Lieder *Auf der Reeperbahn nachts um halb eins* und *Freut euch des Lebens.* Ihr Geflöte hörte sich grauenhaft an und es erreichte durch die Lautsprecher die Besucher fast des gesamten Platzes. Dann kam ihr zweites, anhörenswertes Lied *Sah ein Knab ein Röslein stehn. Der Mond ist aufgegangen* wurde nicht von der Drehorgel intoniert und blieb ihr letztes Geheimnis. Der Lehrer rannte, beschämt von den Tönen seiner Kollegin, mit seinen Enkeln zum Kinderkarussell und ließ sie einige Runden drehen.

Nach vier Wochen ließ der Besucherstrom zum Rummelplatz merklich nach. Der Schleuderkarussellbesitzer flehte sie an, ihre Flöte doch einzupacken und ihr Sofa in ihrem Kämmerlein zu wärmen oder das Unkraut im Garten zu jäten. Er hatte die wenigsten Benutzer seiner schleudernden Attraktion, und wenn, dann nur Soldaten mit ihren Bräuten, die gerade in der kleinen Garnisonsstadt Quartier genommen hatten. Fräulein Gengel wies das Ansinnen des um seine Existenz bangenden Schleudermentors entrüstet zurück. Sie hatte einen Zweijahresvertrag und ihre unübertreffliche Kunst sollten die Besucher des Rummelplatzes, ja die Bewohner der ganzen Stadt kennenlernen. In ihrem tiefsten Inneren dachte sie daran, ihren Lehrerberuf an den Nagel zu hängen, weitere Flötenschüler zu gewinnen und so ihr Hobby zum Beruf zu machen. So ganz nebenbei löste sich damit die Konkurrenz zu Frau Wagenknecht von selbst und sie hoffte, ihre Kunst machte Herrn Doktor Kleis, den Herrn ihrer heimlichen Wünsche, gefügiger.

Nach zwei Monaten verabschiedete sich das Luftschaukelunternehmen, das von ihrer Kunst profitiert hatte. Allmählich leerte sich der Platz. Ein Vergnügungsunternehmen nach dem anderen machte sich aus dem Staube. Nur das Kinderkarussell hielt dem allgemeinen Trend zu verschwinden stand. Der Vorletzte, ihr standortvorhaltender Schleudermensch, baute seine Klamotten ab, verpackte alles in mehrere Transportwagen und schmiss seinen Trecker an. Da stand sie nun in ihren hohen Maßschuhen, mit einem langen Leinenrock und einer weißen Rüschenbluse bekleidet. Das eherne Abbild einer Vertragstreuen. Sie allein mit Mikrofon und Lautsprecher vor dem Kinderkarussell. Die Kinder fanden die quergepfiffenen Töne ganz lustig, da Fräulein Gengel, jetzt solo, nur die drei Lieder spielte, die sie konnte. Der städtische Rummelorganisator bat sie inständig, auf weitere Auftritte zu verzichten.

„Wenn Sie Ihren Vertrag nicht einhalten ... ich schon, und wenn auch ohne Honorar", wies sie ihn hoheitsvoll ab. Niemand konnte sie von ihrem Platz verdrängen und der Besitzer des Kinderkarussells machte glänzende

Geschäfte und spendierte ihr manches kleine Getränk, um ihre Kondition zu stärken.

Unsere drei Flötenliebhaber mussten ihren Wunsch, den Stadtpfeifern beizutreten, begraben. Vor allem schmerzte sie die verpasste bunte Uniform und das lustige freizeitliche Soldatenleben. Nur Ernst genoss weiterhin ihre Bereitschaft, ihn zu unterrichten und hoffte, in den nächsten Jahren ein weiteres Lied zu lernen.

DIE ENTFÜHRUNG

Es packte mich – ganz unversehens – wieder einmal die öffentlichen Verkehrsmittel zu benutzen. Besonders reizvoll fand ich das Fahren in einem Omnibus. In einem Verkehrsmittel mit vielen anderen Menschen ging es richtig kuschelig zu. Man saß in einem bequemen Sessel, schaute aus einer gewissen Höhe aus dem Fenster und erfreute sich an den vorüberflitzenden Häusern und Geschäften. Auf den Verkehr zu achten gab es keinen Grund. Beim Fahren mit dem eigenen Pkw störten andere immer den Verkehr, und man wurde ständig dazu angeregt, über nervige Verkehrsteilnehmer zu fluchen, wie: „Kann der Trottel nicht fahren?", oder „Die Alte ist wohl lebensmüde, mir vor die Haube zu springen!"

Genau das konnte mir im Bus nichts abnötigen. Also setzte ich mich in die längste Buslinie, die quer durch die Stadt führte. Einmal stieg ich an einer Haltestelle aus, weil ich glaubte, meine Tochter gesehen zu haben. Nach diesem Irrtumsausstieg fuhr ich mit dem nächsten Bus der gleichen Linie weiter, was bald darauf ungeahnte Folgen mit sich brachte. Nach zwei Stationen, der Bus fuhr gerade durch ein Waldstück und hielt dann fahrplanmäßig, stieg ganz langsam ein normal aussehender Mann ein und nötigte mit vorgehaltener Pistole den Busfahrer auszusteigen. Erst dachte ich – nach einer so lange gefahrenen Strecke – an einen Fahrerwechsel, bis ich bemerkte, dass der Busfahrer mit einem Satz aus der Tür sprang. Der Kerl legte die Pistole auf das Armaturenbrett und brüllte etwas von einem Überfall und Entführung.

„Endlich mal etwas anderes", schrie ich zurück, „immer nur die langweilige Kurbelei und Halterei an festgelegten Stellen."

Zugegeben, solche Raritäten wie einen Überfall gab es in meiner bisherigen Busmitfahrerkarriere noch nicht. Die anderen Fahrgäste duckten sich tief hinter den Rückenlehnen der Vordersitze. Einige Frauen fingen hysterisch an zu kreischen.

Ein Kind lief zum neuen Busfahrer und bettelte: „Onkel, tue uns nichts, wir wollen nach Hause."

Der Grobian reagierte darauf nicht und schrie dann umso lauter, sodass alle es hören konnten: „In meiner Pistole sind zehn Schuss! Meine Magazine reichen aus, um euch allesamt zu erschießen, wenn ihr aufmuckt!"

„Hallo", dachte ich, „was für ein Scherzkeks sitzt denn da am Steuer", sprang auf und wollte wissen, ob er uns wirklich entführen wollte. Er brüllte jetzt: „Schnauze!", zwängte sich zwischen zwei sich überholende Autos und schrammte deren Türseiten, die den Bus in ein leichtes Schlingern brachten Dabei lachte er dröhnend und trat gewaltig auf das Gaspedal. Die Polizei bemerkte inzwischen diese verrückte Fahrweise und jagte hinter dem rasenden Bus her, der weiter mehrere parkende Autos rammte. Mittlerweile gab es auch nichts mehr, was die Aktionen des Fahrers steigern konnte – gerammte Autos, Polizei und heulende Fahrgäste. Hier fehlte nur noch der perfekte Überschlag des Busses. So etwas erleben zu dürfen, fand ich sehr aufregend. Der Busfahrende bekam es langsam mit der Angst zu tun, als er die Polizei erblickte, die mit lautem Signal hinter unserem Bus herfuhr.

Auf einmal schrie der Kerl: „Kann hier jemand Bus fahren?"

Alle Mitreisenden bibberten aus Angst vor weiteren Aktionen des Busfahrers, wobei schon einige die Sitze durchnässten. Dann stoppte seine wilde Fahrt plötzlich an einem Hydranten, eine Wasserfontäne sprühte hervor, die uns einen wunderbaren Anblick bot. Aus dem nahen Park trottete gemütlich eine Wildschweinherde, die ihren Durst auf der inzwischen überschwemmten Straße löschte. Währenddessen war die Polizei eingetroffen, sie versuchte die Bustür zu öffnen, die sich dank der Rammstöße an verschiedenen Autos verklemmt hatte. Das bedrohlich wirkende Geschehen überstieg die terroristischen Neigungen des Mannes, er rannte weinend zu mir, da ich signalisierte, einen Busführerschein zu besitzen. Er fiel auf die Knie und gestand mir, keinen Führerschein zu haben. Ja, er hatte schon fünf Prüfungen vergeigt und wollte hier der Menschheit seine Fähigkeiten zeigen. Nun nahm er seine Pistole und schoss das ganze Magazin in die Busdecke. Ich wunderte mich über einige dumpfe Aufschläge auf das Busdach. Vereint mit der Polizei rissen wir die verklemmte Tür auf. Ich stieg aus und sah, dass drei Tauben und eine Ente auf dem Dach lagen, die er gerade mit seiner Pistole erlegte. Der Kerl trottete verstört hinter mir her und erkannte, dass er seine beste Zuchttaube, mit der er viele Preise gewann, getroffen hatte. Die Polizei nahm mich sofort fest, und der Entführer wollte heimlich verduften, was ich jedoch lauthals verhinderte. Alle Fahrgäste gruppierten sich um den Taubenzüchter, der seine Pistole auf seine Stirn richtete. Er konnte den Tod seiner besten Taube nicht verwinden, nur mit viel Mühe der Polizei und der Umstehenden konnte er von einem Selbstmordversuch abgehalten werden. Er warf sich danach immer wieder heulend auf den Straßenboden.

Nachdem die Ordnungshüter den Schaden begutachtet hatten, meinten sie: „Das kann jedem mal passieren", und verständigten gleich die Versicherung. Sie trösteten den Armen und wollten von einem ihrer Kollegen, der ein berühmter Taubenzüchter war, eine Zuchttaube aussuchen, um ihm über seinen schweren Verlust hinwegzuhelfen. Sie ließen den schwer angeschlagenen Züchter laufen, und einer der Polizisten nahm noch die Ente vom Busdach für den eigenen Bedarf mit.

Zwei Wochen später, nachdem sich die neue Taube in seinem Taubenschlag eingelebt, luden ihn die vereinigten Verkehrsbetriebe ein. Kein Wunder, denn man wollte ihm eine Auszeichnung für sein strammes Fahren ohne Führerschein überreichen.

Der Vorstand der Verkehrsbetriebe meinte hinter vorgehaltener Hand: „Endlich kann wieder ein alter Bus verschrottet und damit neue Arbeitsplätze geschaffen werden."

Uwe Kandler, so hieß der verhinderte Terrorist und Taubenzüchter, erhielt den Busführerschein ehrenhalber und führte weitere Fahrten mit möglichstem Totalschaden durch. Nachdem – dank seines unermüdlichen Einsatzes – der gesamte Fuhrpark der vereinigten Fuhrbetriebe nach einigen Jahren ausgewechselt wurde, entließ man Uwe Kandler in einen gut dotierten Ruhestand.

KNIEFÄLLIGKEITEN

Es schmerzt und das nicht zufällig, wenn ein Bein gestellt und ein unfreiwilliger Kniefall als Ergebnis unvorhersehbar wird. Kindern passiert dies öfter, sie fallen manchmal über die eigenen Füße oder stolpern einfach über irgendetwas. Das Kind lässt sich gerne bedauern und freut sich über solche Zuwendungen.

Mit dem Älterwerden verändert sich die Funktion eines Knies drastisch. Es trennt zwar immer noch den Ober- vom Unterschenkel, es hat Haltung in jedweder Situation anzunehmen. Desgleichen sendet es Signale aus. Beim ersten Tanz nach dem Tanzunterricht – in einer öffentlichen Umgebung, also einfach auf einem Tanzboden mit vielem Publikum – erprobt das männliche Knie schon mal die Wirkung auf das weibliche Geschlecht. Ein alter Schlager (Was machst du mit dem Knie, lieber Hans …) gibt hierzu gewisse Anregungen und Aufschlüsse. Nicht etwa das Gespräch und schon gar nicht die straffe Haltung, nein, das Knie ist das Entscheidende. Man dreht und wendet sich in tanzgerechten Posen und kommt dann ganz versehentlich mit dem Knie in eine gewisse Zone, die bewusst von den Tanzpartnern nicht wahrgenommen wird, jedoch den Ausschlag der entscheidenden Vorgehensweise gibt. Bei routinierten Tänzern werden die Reaktionen schon intensiv getestet. Die Verbots- oder Vorzugszone signalisiert: „Du kannst mich nach Hause bringen", mit der Fortsetzung vor der Haustür dann entweder ein „Ja" oder „Nein". Mit diesem Spiel werden Ehen geschlossen oder geschieden, der Nachbar umgebracht oder der letzte Test vollzogen.

Solche alten Spielchen – vielleicht aus dem vorigen Jahrhundert stammend – hielten jetzt nur auf, die Mädchen sind heut zupackender, sodass die Jungen weiche Knie bekommen. Die Tänze sind völlig anders strukturiert, und das Knie erhielt andere, wenn auch keine leichteren Aufgaben.

Kai Uwe Nachtigall, der als alter Draufgänger bekannt, kassierte bei seiner gar zu forschen Annäherung von seiner liebevoll Begehrten eine saftige Ohrfeige und von ihrem Bruder eine Tracht Prügel.

Seine Mutter belehrte den schwer Vernichteten: „Du musst Liebesschwüre loslassen, so zum Beispiel: *Gehen wir ein Eis schlecken.* Oder: *Lassen wir deine schiefen Treter beim Schuster aufhübschen.* Du wirst sehen, das zieht."

Die heiß Begehrte ließ ihr Regal von Kai Uwe mit Schuhen füllen. Ihre Eiswünsche ergaben ganze Wagenladungen, die alle Wünsche in den Kindergärten, öffentlichen Anstalten und der sonstigen Vorbeikommenden befriedigten. Den Kredit, den er bei der Bank dann aufnahm, brachte ihn dennoch seinem Ziel nicht näher.

„Für mich sind Kinder ganz wichtig, sie sollen immer an mich denken", so ihr Kommentar in jeder Schule und jedem Kindergarten der Stadt.

Bald nach diesen menschenfreundlichen Umtrieben erlebte sie den Einzug ins Stadtparlament (sie, die durch ihre Kinderaktionen bekannt wurde, wählte das Volk nach ihrer Bewerbung), Kai Uwe hingegen den ständigen Besuch des Gerichtsvollziehers. Sein Knie litt unter den Strapazen der Beschaffungsorgie für seine Begehrte. Es verlor die verbotenen Funktionen und erzeugte erhebliche Schmerzen, sodass jegliche Annäherungsversuche mit einem gequälten: „Ach du" endeten.

Doktor Meise, der berühmte Orthopäde, den er aufsuchte, sollte die alten Funktionen wieder herstellen. Kai Uwe Nachtigall betrat den Vorraum der Praxis. Er strauchelte vor der jugendlichen Anmeldedame – Knie – ganz schlimm und rutschte nur noch so dahin.

Die Anmeldedame, dunkelhaarig, stellte gezielte Fragen: „Katholik? Als Kind mal gefallen? Oder das Knie in gewissen Stellungen vorwärts, seitlich drehend bewegt?"

Kai Uwe stammelte daraufhin nur: „Zum Doktor."

Er humpelte durch die Tür zum Doktor. Am Computer in der Arztpraxis saß ein blondes Mädchen im weißen Kittel. Noch nie in seinem ganzen Krankendasein saß ein anderes Wesen als der Arzt an diesem Platz. Dafür grinste ihn in Reichweite aufgerichtet ein menschliches Skelett an.

„Das ist mein Vater", erklärte ihm der Orthopäde Dr. Meise, „er spendete es mir nach dem Studium, dessen Ende genialerweise mit seinem Ende zusammenfiel. Er erwähnte immer: Du hast dir immer fleißig die Zähne geputzt und dich ordentlich gewaschen, was ich bei deinem Bruder stets vermisst habe. Nun sollst du mich dereinst haben."

Mit einem Kai Uwe unbekannten, neuartigen Gerät projizierte Dr. Meise sofort das Bild seines Vaters auf das Skelett. Er bekleidete ihn mit Fleisch, der dann alle Körperfunktionen (allerdings aufgehängt) ausführen konnte. Die Blonde am Computer ließ unentwegt verliebte Blicke auf den projizierten Vater schießen.

„Lailah, der Mann ist tot, wann begreifen Sie das endlich!", schimpfte Dr. Meise ungehalten.

Aus dem Gerippe tönte es: „Hallo Nachtigall, wir Vögel sind verwandt, zeig her deine Flügel."

Kai Uwe Nachtigall fiel vor Schreck fast auf sein lädiertes Knie und flehte: „Gnade, Herr Meise, nur mein Knie schmerzt, sonst nichts weiter."

Fluchtartig wollte Kai Uwe die Praxis verlassen, doch die Schwarzhaarige vom Annahmetresen hielt ihn fest: „Sie können ja gut laufen, Herr Nachtigall, den Test haben Sie nicht bestanden. Sie wollten unsern Doktor nur betrügen, dass er eine falsche Abrechnung bei dieser Diagnose gemacht hätte. Der Vater hat Sie als Betrüger entlarvt, also marsch zurück, leisten Sie Abbitte!"

Kai Uwe hatte ihr diese Kraft nicht zugetraut, sie zwang ihn vor dem Skelett in die Knie, indem sie ihn hart am Nacken gepackt hinunterdrückte. In dem Moment kam er sich vor wie Kaiser Barbarossa, der vor dem Papst den erzwungenen Kniefall absolvieren musste.

Völlig überrumpelt entschuldigte er sich: „Ihre Zeit ist so kostbar, dafür könnten Sie an Ihrem Computer sitzen."

Anschließend stellte er eine Selbstdiagnose von dem vorher angefertigten MRT und erkannte im Meniskus einen kleiner Riss, der keiner weiteren Behandlung bedarf und ihn nur zu Schmerzen zwang. Von Dr. Meise lieh er sich 20 Euro, um mit dem Taxi nach Hause zu fahren.

Kai Uwe stieg schmerzverzerrt die Treppe zu seiner Wohnung hinauf. Diese Schmerzen von ihm nicht verhandelbar. Den Schock seines Auftrittes und die Behandlung bei Dr. Meise überwand er schnell, und die Wut brach mit den Schmerzen in ihm hoch. Eine Beschwerde bei der Ärztekammer erfreute ihn nach zwei Wochen mit der Antwort, er solle sich einen anderen Arzt suchen, es gäbe wohl genug.

„Nein, die Behandlung geht nur bei Dr. Meise", blieb Kai Uwe hartnäckig.

Nach drei Monaten des Kampfes mit den Fachärzten der Ärztekammer und seiner Gewerkschaft konnte er sich dann beim Gesundheitsminister einfinden. Dr. Dr. Martin Ratlow empfing Kai Uwe mit schmerzverzerrtem Gesicht und deutete schwer atmend auf sein rechtes Knie.

„Das da schmerzt fürchterlich", stöhnte der geplagte Mann.

Kai Uwe grinste und zeigte auf sein linkes Knie: „Sie müssen zu einem Orthopäden, Herr Minister!"

„War ich doch schon" stotterte dieser, „bei dem Besten der Besten, bei Dr. Meise, aber Sie sehen es ja, Herr Nachtigall, die Meisen verfügen über keine lustigen Stimmen. Ich soll in vier Wochen zur Operation kommen. Die größeren Schmerzen liegen in meinem Genick, die Schwester griff gnadenlos zu. Das Zungenbein ist angebrochen wie nach einer versuchten Strangulierung."

Nach der Erfahrung des Ministers fasste Kai Uwe neuen Mut und be-

suchte mehrere Male die Praxis von Dr. Meise, da sein rechtes Schulterge-
lenk durch den Sturz von der Treppe des Gesundheitsministeriums gelit-
ten hatte. Inzwischen gewöhnte er sich an die harten Griffe der Schwester.
Ja, er fand sie sogar sehr angenehm, sodass er sie bald zu einer Tanzver-
anstaltung einlud.

DIE MODEDAME

Sie spazierte täglich in vollendeter Kleidung aus dem Wichernhaus ein Stück die Straße entlang und bog dann in einen Hof, den man von beiden Seiten betreten und verlassen konnte. Ein Durchgangsweg für sie. Sie trug ein Kleid, das Brust und Hüften bis zu den Knien straff umspannte und in einer kleinen Schleppe, die fast die Erde streifte, endete. Die Schuhe, verdeckt, erzwangen nur kleine Schritte. Auf dem Kopf prangte ein riesiger Hut mit künstlichen Früchten und einer großen Feder bestückt. Eine Boa oder manchmal ein mehrfach um ihren Hals geschlungener Schal drapierten ihr kurzes Jäckchen, das ebenfalls eng am Oberteil saß, und gaben ihr die letzte modische Vollendung aus den zwanziger Jahren. Bei Sonnenschein hielt sie ein zierliches Schirmchen mit ihren weißbehandschuhten Händen über ihrem Kopfe. Sie war an einer unglücklichen Liebe gescheitert, so erzählte man sich, und deshalb um den Verstand gekommen. Das Wichernheim mit seinen Ordensschwestern kümmerte sich um sie.

Die Dame entstammte einem vornehmen Elternhaus. Ihr Vater, Professor für Malerei an der Kunsthochschule der Landeshauptstadt, gab ihr – der einzigen Tochter – eine weitgehende Ausbildung und Förderung in Kunstgeschichte mit. Irgendwann erkannte er ihr Talent in der Malerei und ließ sie an der Kunstakademie ausbilden. Sie spezialisierte sich auf die Porträtmalerei, ihr Können auf diesem Gebiet sprach sich bis zur Reichshauptstadt herum. Ein begabter Redner der Regierung bezeugte gar den Wunsch, sich von ihr porträtieren zu lassen, um der geschätzten Nachwelt seine Visage zu erhalten. Ihr Vater ahnte, dass dies nicht gut ging, und ermahnte sie, das Bild möglichst realistisch zu malen. Da sie jedoch ins Innere der Menschen schaute, ergab das Porträt eine skurrile Maske mit aufgerissenem Mund und hervortretenden Zähnen. Obwohl sie das Bärtchen nicht skizziert hatte, verfrachtete man sie kurzerhand in ein Gefängnis, wo sie mehrere Jahre zubringen musste und es einem jugendlichen Wärter verdankte, dass ihr Aufenthalt erträglich war. Folglich verliebte sie sich in diesen Wärter, der dann in den Krieg ziehen musste und gefallen war. Sie erfuhr von diesem Unglück erst kurz vor ihrer Entlassung aus dem Gefängnis. Darüber verlor sie den Verstand und kam in das jetzt sie betreuende Wichernheim in ihrer Heimatstadt. Das Wichernheim selbst beherbergte vor seinem Besitzerwechsel die Freimaurerloge, die in der Nazizeit aufgelöst wurde und keine Strukturen mehr in der Stadt verzeichnete.

Drei alte Skatbrüder, die am Rande eines Hauses, das zum Hof gehörte, um einen Tisch saßen, riefen ihr mehr oder weniger anzügliche Worte zu, wenn sie ihren gewohnten Weg nahm und erhobenen Hauptes an ihnen vorbei stolzierte. Der eine, der alte Hausmeister, der andere ein Rentner und der Dritte ein schon älterer Gehbehinderter, ja eigentlich Gehunfähiger. Sie fauchte jedes Mal erregt zurück, was sie nicht davon abhielt, immer wieder über die Kopfsteine des Hofes zu trippeln, wobei sie in ihren hochhackigen Schuhen öfter umknickte und dafür noch mehr Spott erntete. Hinten zum offenen Tor rein, vorne nach gut achtzig Metern durch einen großen Hausdurchgang raus. Ihren wahren Namen kannte hier keiner, sie hieß einfach nur „die Modedame". Sie lief, stolperte, schwebte über das Hofpflaster. Niemand wusste so recht, wo sie, nachdem sie durch das Tor geschritten war, weiterging, noch wie weit sie ihre zierlichen Schritte lenkte.

Die Besitzerin der rechts und links auf dem Hof stehenden Mietshäuser störte das tägliche Durchschreiten des Hofes durch eine fremde Person. Schon deshalb suchte die Frau fieberhaft nach einem passenden Anlass. Ihre Gäste – sie betrieb eine Gaststätte im Vorderhaus des besagten Tordurchganges – könnten nun nicht mehr ihre Dienstleistungen beanspruchen. Dieser fadenscheinige Grund konnte widerlegt werden, da zweimal wöchentlich Markttage in der Kleinstadt stattfanden. Die Bauern aus den umliegenden Dörfern, die auf dem Wochenmarkt ihre Erzeugnisse anboten, stellten ihre Pferde in der Ausspanne, die sich ebenfalls auf ihrem Hof befand, unter. Die Pferdebesitzer nahmen dabei regelmäßig einen kräftigen Schluck in ihrer Gaststätte.

Kurzerhand beauftragte sie ihren Hausmeister, der in seiner Freizeit immer seinen Skat vor der Haustür des lahmen Mieters drosch, mit der Vertreibung der Modedame.

„Ne, ne, ne, das gehört nicht zu meiner Arbeet. Ich betreue nu die Ausspanne, stecke die Bierfässer an und laufe los, wenn sie läuten und eene Arbeet vor mich haben. Das nich, ich bin hier nich keen Rausschmeißer oder och Diplomat", fiel ihm noch ein.

Damit beendete er seine Rede, die für seine Begriffe sehr lang und verständlich ausfiel. Trude zupfte nervös an ihrem weißen Kittel, strich ihr männlich geschnittenes Haar zurück und holte sich ihren Bruder heran. Karl – ein kleiner, vertrockneter, von ewigen Magenkrämpfen gebeutelter Kerl. Ausgerechnet er, der in Abhängigkeit von seiner Schwester Trude lebte, da ihm nichts von dem Besitz der Schwester gehörte. Er betreute mit Leidenschaft eine Hühnerschar echter schwarzer Italiener und kümmerte sich um den großen Garten der außerhalb, am Ende der Mietshäuser lag. Die zahlreichen Kinder der Mieter trieben mit ihm Schabernack, wann immer er auch auftauchte und mit seinen Hühnern redete. Diesen Karl setzte Trude auf die verhasste Modedame an. Widerstand bei Trude war unmöglich – ein weiteres Schicksal, das ihn traf, dem er nicht ausweichen konnte, zumal er bei ihr wie ein alter Gaul sein Gnadenbrot erhielt und nur seine Italiener als sein Eigentum ansehen durfte. Er beobachtete die Modedame einige Tage und stellte fest, dass sie einmal am Tage immer zur gleichen Zeit ihren Weg durch den Hof nahm. Er, der ständig mit einer grünen oder blauen Schürze umherlief, band diese jetzt ab und versuchte so verschönt der Modedame näher zu kommen. Er stellte sich am hinteren Tor des Hofes auf und schwänzelte um sie herum. Da er einen halben Kopf kleiner als sie war, musste er jedes Mal den Kopf heben, um mit seiner Stimme ihr Ohr zu erreichen.

Karl redete erst einmal allgemeines Zeug, so beispielsweise: „Wie geht es der Dame? Hat die Vesper geschmeckt, war denn der Kaffee auch dazu gut?", dabei verzog er das Gesicht, als er an den Gerstenkaffee dachte, den ihm Trude immer hinstellte.

Die Modedame reagierte nicht, also wurde er schmeichlerisch.

„Madam, Sie sehen aber wieder gut aus, das entzückende Hütchen steht Ihnen ausgezeichnet und die wunderbaren weißen Handschuhe – einfach himmlisch", schwärmte er, doch alles vergebens.

Mit dieser Taktik verbrachte er mehrere Tage. Dann holte er seinen Konfirmationsanzug hervor, der ihm noch passte, zog ein weißes Hemd an und band seinen einzigen Schlips um, der aus seiner Jugendzeit stammte und ihm einst bei den Mädchen einige Erfolge beschert hatte. So verkleidet schwänzelte er um die Modedame herum. Die drei Skatbrüder sahen das Schauspiel mit großem Erstaunen und machten nun über beide ihre Späße. Der Hausmeister hatte seine Skatbrüder über die Aufgabe, die dem Karl zufiel, nicht aufgeklärt, sodass er lustig die Späße mitmachen, ja sogar noch übertreiben konnte.

Tagelang umwarb Karl in seinem besten Anzug die Modedame, doch sie schaute ihn von oben herab an. Er selber meinte, dass sie etwas gelächelt hätte, was aber wohl eine Einbildung seinerseits war. Allmählich ließ Karl seinen ganzen Charme spielen, den er nicht hatte, obwohl er sich einbildete, ihn noch aus seinen jugendlichen Erfolgszeiten bei den Mädchen zu haben.

Er wurde mutiger: „Gnädigste, darf ich Sie in das Kaffee Haupt einladen?"

Natürlich wusste er, das Kaffee Haupt war die exklusivste Konditorei in der Kleinstadt und nicht die preiswerteste. Karl, der kaum Geld besaß, wäre bei einem Besuch dieser Konditorei pleite gewesen. Sie blickte ihn nur stumm und eiskalt von oben herab an. Es vergingen mehrere Wochen, Karl gab nicht auf, sie täglich bei ihrem Auftauchen durch den Hof zu geleiten und manchmal gar darüber hinaus, denn seine männliche Schwester saß ihm im Nacken.

Eines Tages verschwanden beide – die Modedame in ihrer fantastischen Garderobe und Karl in seinem Konfirmationsanzug. Die Schwestern des Wichernheims, denen Karls Bemühungen um ihre Insassin aufgefallen waren, meldeten den Vorfall der Trude. Diese sollte ihren Bruder aufzufordern, das Mündel herauszugeben. Trude fiel aus allen Wolken, da sie ebenfalls ihren Bruder vermisste. Die Skatspieler wunderten sich, dass ihre Bespaßungen nicht mehr möglich waren, es fehlte ihnen eine wichtige Unterhaltung neben ihren Skatstreitereien. Trude traf Karls Abwesenheit nicht allzu sehr, denn sie hatte nun den leidigen Kostgänger nicht mehr am Tisch. Nun erbte der Hausmeister zu seinen vielen Aufgaben noch die schwarzen Italiener, die er nur pflegen und versorgen durfte. Alleinige Besitzerin blieb die Trude, und sie holte sogar selbst die Hühnereier aus dem Stall.

Nach wochenlangen Bemühungen Karls, den Befehl seiner Schwester auszuführen, zweifelte er daran, ob die Modedame überhaupt reden konnte und ihr Verstand die Sprachwindungen einfach ignorierte oder ganz abgeschaltet hatte. Sein Konfirmationsanzug kniff schon an einigen Stellen, die sich schmerzhaft meldeten. Einen anderen Anzug konnte er sich nicht leisten, obwohl er Trude mehrfach bat, seinen sehr wunden Stellen eine Linderung zu gönnen, indem sie ihm wenigstens eine Hose kaufte. Alles vergebens, er wollte schon seine Hühnerhose anziehen und die Schürze vorbinden, um die Ärmlichkeit dieses Beinkleides zu verdecken.

Nach diesen Überlegungen, die er der Modedame in seinen Monologen beim Umherschwänzeln unterbreitete, blickte sie hinunter auf seinen gelichteten Scheitel und sagte plötzlich: „Na so was.“

Karl fiel aus allen Wolken, er, der schon aufgeben wollte, hörte eine wohlklingende Stimme: „Mein Name ist Mathilde Gerstenbach, Fräulein Mathilde Gerstenbach. Herr Karl, Sie erregen mein Mitleid, Sie Würmchen“, dabei raffte sie die Falten ihres Rockes und reichte ihm ihr behandschuhtes Händchen.

Karl griff zu und küsste sie devot. Dies alles geschah im Hausdurchgang vor dem Tor und der Gaststätte der Trude.

„Ich möchte meinen Geliebten suchen, da ich nicht glaube, dass er tot ist. Eine Fehlinformation, die Marotte meines Vaters, der immer solche

Meldungen parat hat. Die Todesnachricht verwirrte kurzzeitig meinen Verstand, den ich seit Jahren wiedererlangt habe. Einfach so!", dabei hob sie elegant ihren Fuß unter den Falten ihres Schoßkleides, „Wollen Sie mir dabei helfen, Herr Karl? Lange genug beobachtete ich Sie, Ihr Herumschwänzeln, Ihre unsinnigen Reden und die Hartnäckigkeit, das alles durchzuhalten, haben mich überzeugt. Abgesehen von Ihrem fehlenden Charme, von dem ganz zu schweigen. Sie verkörpern den perfekten Diener, ohne den ich als Dame nicht reisen kann."

Karl bekam den Mund nicht zu, nur mühsam brachte er hervor: „Aber meine Schwester, die schwarzen Italiener – ja, und ich besitze nichts."

„Das macht gar nichts", winkte sie lässig ab, „Geld ist kein Problem, ich habe ein Sonderkonto, davon wissen mein Vater und das Wichernheim nichts. Das konnte ich mir, vor meiner Verwirrung, durch meine verkauften Werke anlegen. Ein nicht unerheblicher Betrag, der da zusammengekommen ist. Einige meiner Werke können Sie in Museen ansehen. Mein Vater unterschätzte mich ständig. Er konnte es nicht verkraften, dass ich die größere und erfolgreichere Künstlerin bin, denn ich habe immer das Innere der Natur und der Menschen schöpferisch auf meine Bilder übertragen. Ja, wenn Sie so wollen, ich habe das zweite Gesicht. Meine kurzzeitige Verwirrung, welche die Todesmeldung meines Geliebten hervorrief, kam meinem Vater gerade zur richtigen Zeit, um mich in das Wichernheim einzuweisen."

Karl wusste nicht, wie ihm geschah. Er duckte sich erst, dann richtete er sich auf und wollte ein treuer Diener dieser Frau sein. Trude, die ihm seinen Unwert beständig vor Augen hielt, wollte er schnell vergessen.

„Madam, ich nehme Ihr Angebot an", sprudelte er heraus.

Jetzt war er wer, ein Diener mit Versorgung, vielleicht sogar mit einem Gehalt. Er bekam sofort einen neuen Anzug. Madam Mathilde konnte sich nicht für eine zeitgemäße Garderobe entschließen. Sie fuhren schnell mit der Bahn in die Landeshauptstadt, und Madam plünderte für einen ansehnlichen Geldbetrag den Theaterfundus, ließ alles in einen großen Koffer packen und in das Hotel Atlantik transportieren. Im Hotel buchte sie für eine unbestimmte Zeit eine Suite, da Karl im abgeschlossenen Nebenzimmer, ganz in ihre Nähe, stets für Dienstleistungen bereit zu sein hatte. Ein ausgiebiges Mahl beendete diesen ersten Tag. Karl übernahm gleichzeitig die Aufgaben einer Zofe. Das reichte soweit, dass er ihr aus den Kleidern und Schnüren half. Weitere Einblicke gewährte sie ihm nicht, obwohl für sie ein Diener eine geschlechtslose Person darstellte.

In der nächsten Zeit durchforstete Karl alle Archive und Gefallenenregister in der Landeshauptstadt. Der Geliebte von Madam hieß Ferdinand

Kutschera, sie hatte eine Zeichnung in Postkartengröße von ihm angefertigt, die sie immer bei sich trug. Er verschwand damals als Gefängniswärter, und sie glaubte, dass er die Fronttruppen als Soldat verstärkte, ohne noch mal mit ihr reden zu können. Diese Annahme bestärkte sie, weil ihr Vater seinen Tod rausposaunte, den es für sie jedoch nicht gab. Mathilde war fest überzeugt, Ferdinand lebte noch.

Ferdinand Kutschera, ein Mitvierziger, lebte in einer Zweizimmerwohnung in einem Vierfamilienhaus. Mit den Mietern in diesem Haus kam er gut zurecht, weil er immer freundlich grüßte und auch mal ein Schwätzchen machte, auf dem Flur zwischen zwei Treppenabsätzen. Frau Kurbjuweit nahm solche Schwätzeleien auf den Treppenaufsätzen hinter ihrer Wohnungstür mit großer Aufmerksamkeit wahr. Sie stellte sich dicht von innen an die Tür und benutzte ausgiebig ihren Spion, durch den sie mit Hingabe schaute. Ihre Ohren galten als äußerst geübt für solche Beobachtungen. Sie meinte zwar, dass dies keiner wüsste, doch jeder im Haus konnte sich von ihren allgemeinen Nachrichten, die sie ausgiebig weitergab, überzeugen. Wenn jemand an der Verbreitung seiner Gespräche nicht interessiert war, dann nur unter dem Hinweis: „Seid leise, die Kurbjuweit hört mit.“

Manchmal redete Herr Kutschera laut vor ihrer Tür, damit er sicher sein konnte, dass es bald jeder im Hause und darüber hinaus erfuhr.

Ferdinand Kutschera übte ursprünglich den Beruf eines Forstgehilfen aus. Der Bedarf an Bewachungspersonal für Gefangene nahm damals enorm zu, überdies bei sehr guter Bezahlung, sodass er sich meldete und sofort angenommen wurde. Frau Mathilde Gerstenbach galt als eine Politische, obwohl sie wegen des von ihr gemalten Portraits eigentlich keinen Grund für ihre Inhaftierung sah. Sie bewohnte diese Zelle schon zwei Jahre, und da sie sehr gut aussah und Ferdinand mit seinem kräftigen Körper etwas darstellte, fanden sie Gefallen aneinander. Er verschaffte ihr diverse Erleichterungen und Zuwendungen, wie längere Hofspaziergänge, kleine Leckereien und vor allen Dingen die Versorgung mit Zeichenpapier und Zeichen- sowie Schreibstiften. Dafür gewährte sie ihm lustvolle Stunden in ihrer Gefängniszelle.

Dieses Treiben konnte nicht unentdeckt bleiben, sodass er als Aufseher nach Brastedt versetzt wurde. Mathilde blieb bis zum Ende des Krieges im Gefängnis, wo sie jahrelang so dahindämmerte und durch ihr eigenartiges Verhalten auffiel. Mathilde sprach nicht mehr, verweigerte oft das Essen, welches ihr nur noch durch die Tür geschoben wurde, da sie manchmal Tobsuchtsanfälle überfielen. Nach dem Krieg räumten die Demokraten das Gefängnis, und da man sie für verrückt hielt, kam sie in das Wichernheim, wo sie dann in Kleidern der zwanziger Jahre von den Bewohnern der kleinen Stadt als Modedame bespöttelt wurde.

Ja, Ferdinand Kutschera brauchte nicht in den Krieg ziehen, wie Mathilde ursprünglich annahm, da er eine wichtige Staatsaufgabe erfüllen musste und die Aussage ihres Vaters, dass er im Krieg gefallen sei, sich als unsinnig herausstellte. Ferdinand lebte in Brastedt lustig weiter und arbeitete dort als Gefängnisaufseher bis zum Kriegsende. Anschließend widmete er sich seiner gelernten Tätigkeit als Forstgehilfe, denn rings um die Städte in den Wäldern gab es genug Arbeit.

Mathilde und Karl zogen im Lande umher, immer auf der Suche nach dem Geliebten. Sie klapperten Einwohnermeldestellen ab, gingen Sterberegister durch und kamen dennoch zu keinen Ergebnissen. Karl bemerkte, dass Madam anfing, ihre Barschaft einer Kontrolle zu unterziehen. Sie blieben jetzt schon längere Zeit in einem billigen Hotel, und die Suche nach Ferdinand schien nach drei Jahren am Ende zu sein.

Karl sah ihr sehr besorgtes Gesicht: „Madam, Sie haben ein Problem?"

„Mein Geld geht zur Neige, was soll ich tun?", seufzte sie.

„Es gibt Banken, Madam, die Geschäfte machen, soll ich mit Ihrem verbliebenen Vermögen mein Glück an einer Bank versuchen?"

Sie zögerte erst, dann stellte sie sich kerzengerade hin: „Es ist nun schon egal, ob Sieg oder Niederlage, wenn ich Ferdinand nicht finden kann, dann soll es halt so sein. Nehmen Sie alles und setzen es auf eine Karte!"

Karl ging erst vorsichtig an die Börse, dann wurde er immer mutiger, und es glückte ihm alles. Ihr Kapital vervielfachte sich innerhalb eines Jahres und überstieg bald die Summe, die sie anfangs ihr Eigen nannte. Karl entpuppte sich als wahres Finanzgenie. Mathilde bot ihm begeistert das „Du" an. Sie ließ ihn hoffen, noch mehr daraus zu machen, was den Mann freudig erregen ließ.

Karl sammelte gern Pilze im Wald, neben seinen Hühnern eines seiner Leidenschaften. Trotz knapper Zeit und Mathildes Unmuts darüber nahm er jede Gelegenheit dazu wahr. Ganz konnte er's vor ihr nicht verheimlichen, denn wenn er sie an- oder auskleidete, sah sie halt seine leicht verschmutzten Fingerspitzen, die nun mal beim Abschneiden und Säubern der Pilze erst nach mehreren Waschgängen richtig sauber wurden. Als es mit ihren Finanzen steil nach oben ging, reduzierte Karl seine Waldausflüge.

Eines Tages, bei einer der wenigen Waldbegehungen, traf er auf ein Holzfällerteam. Diese fällten gerade Bäume, und Karl ging suchend an ihnen vorbei, bis plötzlich dicht neben ihm ein Baum krachend auf den Waldboden fiel. Noch benommen von dem Schrecken lief er schimpfend auf einen Holzfäller zu und blieb dann kurz vor ihm erstaunt stehen. Am Gesicht jenes Burschen erkannte er das Bild, welches Mathilde jahrelang mit sich herumtrug.

„Hallo", quetschte er mühsam hervor, „sind Sie Ferdinand Kutschera?"

Der Angesprochene bestätigte das kopfnickend und wunderte sich, woher der Waldbesucher seinen Namen wusste. Nach einigem Hin und Her freute sich Ferdinand, dass seine geliebte Mathilde noch lebte und es ihr sehr gut ging. Er rannte Karl gleich hinterher, um sie daraufhin in die Arme zu schließen. Beide kamen schnell in dem einfachen Hotel an. Mathilde – erstaunt und erfreut – steuerte auf Ferdinand zu und klebte ihm recht und links zwei gewaltige Ohrfeigen.

„Du hast mir immer das falsche Zeichenpapier und die falschen Zeichen- und Schreibstifte gebracht, obwohl ich es dir immer wieder gesagt habe. Dafür diese Ohrfeigen und tschüss, ich will dich nie wiedersehen!"

Danach drehte sie sich um und zog den verdutzten Karl hinter sich her.

„Ja, das musste gesagt werden, dafür hat sich die jahrelange Suche nach ihm gelohnt – und nun ziehen wir in ein komfortableres Hotel." Sprach's und läutete nach dem Hoteldiener.

KÖRPERLICHE DIENSTLEISTUNGEN

Der Mensch benötigt, sobald er den ersten Schrei ausstößt, Dienstleistungen. Je älter er wird, desto mehr verstärken sie sich zu größeren Dimensionen, das heißt von der Nuckelflasche bis zum Grabe. Bei mir traf beides nicht mehr – oder noch nicht zu. Meine körperliche Fitness galt als eingeschränkt, da sie durch ewiges Rumsitzen nur wenig Förderung erfuhr. Mein Rücken zeigte gewisse Härtegrade, war verklemmt und schmerzte bei bestimmten Bewegungen. Vor kurzem las ich bei dem berühmten Aphorismenschreiber Georg Christoph Lichtenberg das umwerfende Verslein: „Sehr viele und vielleicht die meisten Menschen müssen, um etwas zu finden, erst wissen, dass es da ist."

Der Arzt verschrieb mir bei dessen Besuch acht Rückenmassagen, auszuführen in der bekannten Physiotherapie gleich um die Ecke. Für mich gab es diese Praxis noch nicht, deshalb war ich gespannt, was mich dort erwartete. Ich trat in den Salon, zeigte mein Kärtchen hin und durfte – von einer Dame begleitet – hinter einem weißen Vorhang verschwinden.

„Oberkörper frei und auf die Liege legen!", lautete ihr Wunsch, dem ich umgehend folgte. Kurz darauf kam ein riesiger Schlägertyp an meine Liege, und ich erfuhr die gesamte Massagekunst – nein, eigentlich eher, wie man ein Rückgrat bricht. Ich schrie wild auf, hörte die Wirbel bereits knacken und rutschte kurz vor dem Bruch des dritten Brustwirbels von der Liege. Der Knochenbrecher hieß bezeichnenderweise Greulich, und ich war mir sicher, dass er beim ersten Mal alle Kräfte mobilisierte, um mich zufriedenzustellen. Die Chefin Frau Amseltreter erklärte mir, dass Herr Greulich ein arbeitsloser Ringer sei, der sich über Wasser halten müsste. Vom Wasser konnte bei mir nur durch den Angstschweiß die Rede sein.

Zwei Tage später, nachdem ich wieder laufen gelernt hatte, trat ich hinter den weißen Vorhang in der Physiopraxis. Ich legte mich zitternd auf die Folterbank. Herein trippelte eine krumme alte Frau, die sich als Gerlinde Gradkowska vorstellte und hinzufügte, sie wäre jetzt meine Masseurin. Sie setzte sich auf den nebenstehenden Hocker mit der Bemerkung, dass sie eher eine Massage nötig hätte und selber hier liegen müsste, um behandelt zu werden. Währenddessen versuchte sie mir ihre Sprache in einer Mischung aus Russisch und Englisch beizubringen, wobei ich nichts verstand. Sie machte keine Anstalten, etwas anderes zu tun als zu reden.

Nach Ende der Behandlungszeit sprang ich von der Liege und verschwand. Nach zwei weiteren Tagen meines Besuches in der Praxis stand erneut Gerlinde Gradkowska vor mir. Sie konnte mich heute nicht massieren, dafür legte sie sich auf die Folterbank und erteilte mir eine erste Massagestunde an ihrem Körper. „Sie werden sehen, dass Sie dann diese schwere Arbeit richtig würdigen können“, säuselte die Frau mir zu.

Zu Hause angekommen, erholte ich mich von meiner anstrengenden Massagearbeit. Meine Hände zitterten, meine Arme vollführten nervöse Zuckungen. Zur Entspannung radelte ich einhundert Kilometer durch den Wald, bis mir ein Ast in die Speichen geriet und meiner Eigentherapie ein jähes Ende setzte.

Nun wagte ich es wieder, die Dienstleistung in der Praxis für Physiotherapie abzufordern. Diesmal empfing mich, in einem weißen Kittel, eine reizende junge blonde Dame, die eigentlich in ein Hochglanzjournal als Modell gehörte. Erfreut legte ich mich auf die Massagebank. Durch einen Schlitz im Vorhang sah ich, wie Greulich an einem Pfeiler lehnte und mir Zeichen gab, mich massieren zu wollen. Ich dachte nicht daran, zu reagieren. Der Hüne schluchzte herzzerreißend über meine Nichtachtung und schlich in gebeugter Haltung aus meinem Blickfeld. Mir tat er so leid, dass ich die zarten streichenden Massagebewegungen der Blondine nicht genießen konnte. Im Gespräch mit ihr erfuhr ich, dass sie aus Polen stamme und diese Arbeit für ihr Überleben brauchte. Sie deutete ganz nebenbei an, dass sie mich bei mir zu Hause für Cash massieren würde. Mit gemischten Gefühlen trabte ich heimwärts und verwarf das Angebot der Blonden, sobald ich an das Gesicht meiner Angetrauten dachte.

Der nächste Besuch brachte mir eine absolute Überraschung. Die drei Dienstleistenden standen im Eingangsbereich der Praxis, doch die Chefin überließ mir die Entscheidung, wer von den Anwesenden mich massieren sollte, sie stände ebenfalls zur Verfügung. Ja, sie wären jetzt alle frei, da aufgrund der Zeitumstellung (Sommer/Winterzeit) sämtliche bestellten Patienten eine Stunde zu spät zur Behandlung erschienen sind. Außerhalb der Bestellzeiten würde jedenfalls nichts gemacht.

Nun stand ich da, alle sahen mich mit verlangenden Augen und bebenden Lippen an. Die Entscheidung tat echt weh. Da ich die alte Frau Gerlinde Gradkowska bereits mehrere Male in ihrer Arbeit kennengelernt hatte, wählte ich sie kurzerhand aus. Herr Greulich brach endgültig zusammen und schleppte sich mühsam aus der Tür. Meine blonde Favoritin sprang laut schreiend in seine Arme, die hintere Kammer der Praxis aufsuchend. Ich hoffte inständig, dass sich die beiden nichts antun würden. Entsetzt schaute ich auf die Chefin Frau Amseltreter, die zuckte erst hilflos mit den Achseln, dann nahmen ihre Augen eine seltsame Trübung an.

„Es ist Ihre Entscheidung, damit müssen Sie leben“, kommentierte sie und ging in die Küche, um Kaffee zu kochen.

Frau Gradkowska sah die Bevorzugung ihrer Person als echte Herausforderung an. Sie drückte mich auf die Massagebank, sprang mit nackten Füßen auf mich und bearbeitete so meinen Rücken. Zwischendurch entleerte sie noch eine Flasche Massageöl auf meiner Kehrseite. Das wurde ihr zum Verhängnis. Bei einem gezielten Sprung auf mein linkes Schulterblatt rutschte sie ab, fiel von der Massagebank und brach sich den linken Unterschenkel. Die Aufregung mit Erster Hilfe, Krankentransport sowie Operation stand außerhalb meiner Verantwortung. Strahlend nahten Herr Greulich und meine blonde Favoritin. Sie wollten mit der Massage fortfahren, doch um allem Streit und möglichen Selbstmordgedanken entgegenzutreten, wählte ich die Chefin Frau Amseltreter. Unter den neidischen Blicken der beiden, dennoch ungerührt setzte Frau Amseltreter die begonnene Arbeit jetzt mit ihren Händen fort.

Nachdem ich die blauen Flecken auf meinem Rücken, stammend von den Füßen der Alten, einigermaßen wegbekommen hatte, gingen die Behandlungen weiter. Die Lage stellte sich nun besser dar. Gerlinde lag im Krankenhaus, somit schrumpfte die Konkurrenz auf die beiden Angestellten und die Chefin. Mein letzter Besuch sollte der beste Besuch werden. Fröhlich marschierte ich in die Praxis. Wieder gab es eine Behandlungsflaute, und alle drei standen mit noch fröhlichen Gesichtern im Vorraum. Drei Augenpaare leuchteten mir entgegen, ich musste wählen.

„Ich kann das nicht“, stammelte ich mit trockenem Munde.

Niemand sagte etwas, alle starrten mich an. Ich hoffte, die Chefin würde ein Machtwort sprechen. Auch sie blieb stumm, und ihre Blicke forderten: „Nimm mich oder keinen.“

„Vielleicht können wir uns einigen, jeder massiert 20 Minuten, und die anderen spielen währenddessen Karten“, schlug ich einen Kompromiss vor.

„Sie sollen auswählen“, sprach weinend meine blonde Favoritin, „es ist ohnehin schon egal, wer das Geld verdient.“

Ich hielt diese Spannung nicht mehr aus und verließ schmerzgebeugt die Praxis, um zu Hause mit meinem Sohn Georg eine Partie „Mensch ärgere dich nicht“ zu spielen. Da ich Georg zweimal besiegte, gab es ein großes Geschrei. Er attackierte mich wütend, sodass ich den Notdienst anrief, um mich ins Krankenhaus bringen zu lassen. Danach konnte ich eine orthopädische Kur antreten, die mich von sämtlichen Spannungen und Dienstleistungen der Physiotherapie befreite.

SAMMELLEIDENSCHAFT

Jeder Mensch sammelt im Laufe seines Lebens irgendetwas. Als Kind sammelte ich Briefmarken, die ich aus den Briefen, die meine Eltern bekamen, herausschnitt. Die Verwandten schrieben wenig Briefe – und Briefmarken nur einfach so zu kaufen und sie nachfolgend den Beinen der Postboten zu entziehen, machte keinen Sinn. Es gab Spezialisten, die ganze Briefmarkenserien erwarben, mit dem Ziel, diese dann einfach in Alben zu verstecken. Sie hofften auf eine Wertsteigerung, um später ganz großes Geld damit zu scheffeln.

Die Sammelleidenschaft mancher Landsleute trieb schon die wunderlichsten Blüten. Es gab Erstaunliches auszumachen – wie Bierdeckel, Streichholzschachteln, Bücher, Uhren, Fahrkarten, Schuhe, Krüge, Flaschen – und was weiß ich für Sammelobjekte. Einfach alles, was sich bewegen und stapeln ließ. Die gierigen Geldleute sammelten Immobilien, Gold antike Schätze und Geld.

Einen ganz besonderen Sammler erkannte ich in einem meiner Studienfreunde. Der Mann sammelte Erlebnisse mit Frauen und Mädchen. Unter dem Blickwinkel, später mal in Erinnerungen zu schwelgen, nahm er immer ein bestimmtes Kleidungsstück mit. Er, ein gut aussehender Bursche mit kurzem blondem Haarschopf, kräftiger trainierter Figur, konnte die erotischen Gefühle der holden Weiblichkeit im Sturm erobern. Es kam soweit, dass die Schubladen seiner Möbelstücke überquollen und sich in allen Ecken seines Zimmers Kartons mit weiblicher Unterwäsche stapelten. Diese Sammelleidenschaft trug auf lange Sicht nicht seinem Wohlbefinden bei. Er fiel durch einige Prüfungen, und sein Gesundheitszustand geriet ins Abseits. Ich versuchte ihn von dieser unseligen Sammelwut abzuhalten. Dazu meinte er, dass ihn die Frauen nicht in Ruhe ließen, sogar eine regelrechte Jagt auf ihn veranstalteten. Er könnte hingehen, wo immer er wollte, doch alle Grazien kannten seine Sammelwut und meinten ihn dabei zu unterstützen. Ich schaltete seinen Vater ein, der sich vor ihn stellte und den Frauen klarmachte, dass sämtliche Schränke mit Kleidungsstücken bereits voll wären und sein Vermieter ihn bald als Messi einstufen würde.

Wir überlegten gemeinsam, ob wir nicht die Textilindustrie veranlassen könnten bestimmte Wäschestücke nicht mehr zu produzieren Diese

Sammelwut sprach sich inzwischen in der gesamten Studentenschaft herum und fand überall eifrige Nachahmer. Ja, ganze Bevölkerungsgruppen erkannten diesen wunderbaren sammelnden Sport bald an. Es gab eine regelrechte Bewegung im gesamten Land. Die Politik beschäftigte sich mit der Kleiderfrage und machte sie zu einer vorrangigen politischen Aufgabe. Immerhin steckte ein enormes Wählerpotenzial in dieser Bewegung. Mit dieser Sammelleidenschaft ging ein ungeahntes Bevölkerungswachstum einher. Die Krankenhäuser bemühten sich, den Geburtenanstieg zu bewältigen, indem sie die Ausbildung von Hebammen vorantrieben. Die Hausgeburt erlebte eine wunderbare Renaissance. Diese Nebenwirkungen erfreuten die Regierung, erhöhten jedoch das Armutsrisiko innerhalb der Bevölkerung.

Unterdessen bildeten viele Millionen Sammler Interessengemeinschaften, welche die Kleidungsstücke in zwei Kategorien einstuften, um sie streng getrennt aufzubewahren. Vor den Häusern und Häuserblöcken standen bald Container, die einzig dem Zweck dienten, diese Trophäen zu verstauen. Es gründeten sich Vereine und GmbHs, um den Sammlern eine Struktur zu geben. Sie begannen größere Hallen anzumieten um diese anschließend mit Austauschcontainern zu bestücken. Auf diese Weise erschuf man zur Freude der Regierung viele neue Arbeitsplätze. Es wurde sogar eine neue Partei namens „Die individuellen Sammler" gegründet, die sowohl an Landtags- als auch Bundestagswahlen teilnahm. Die Regierung sandte jetzt den Geheimdienst aus, mit dem Ziel, einer eventuellen Verschwörung auf die Schliche zu kommen. In einer Geheimsitzung des Bundestages brachten die Abgeordneten einen Gesetzesentwurf ein, nun wieder die Briefmarken- und Münzproduktion vorrangig zu fördern. Damit hofften sie die Sammelwut der Bevölkerung in andere Richtungen zu lenken. Das Parlament stellte dafür viele Millionen bereit, um so die Textilindustrie zu entlasten. Trotzdem, die Rohstoffpreise für Textilien schossen nach oben. Folglich erreichten die Preise der Bekleidungsindustrie ungeahnte Höhen. Große Bevölkerungsgruppen konnten die hohen Preise nicht mehr zahlen. Sie boykottierten zunehmend die Bekleidungsindustrie, liefen deshalb fast nackt über die Straßen und arbeiteten mit dieser Dürftigkeit in den Betrieben. Es sah schon lustig aus, wenn die Sekretärin mit nacktem Busen dem Chef den Kaffee kochte. Oder eine Bus- oder Radfahrerin mit freiem Oberkörper oder ohne Höschen am öffentlichen Verkehr teilnahm. Solch maßloses Verhalten provozierte so manchen Verkehrsunfall. Die Gesetzeshüter standen den vielen Strafdelikten machtlos gegenüber. Ein neues Punktesystem für Verkehrsdelikte wurde eingeführt, sodass Verkehrsunfälle bei diesem Anlass keine Ahndung erfuhren.

Im Laufe der Zeit reichten die Hallen und Container, die überall standen, nicht mehr aus, zumal weitere Stellplätze und Baugenehmigungen seitens der kommunalen Stellen nicht mehr genehmigt wurden. Feuchtigkeit in den Hallen und Containern ließen die gestapelte Wäsche schimmeln und verrotten. Man befürchtete gar, dass Krankheiten und sogar Epidemien auf die Bevölkerung zukommen könnten. Der Innen- und der Gesundheitsminister wurden nunmehr aktiv. Sie riefen den Notstand aus und forderten den mündigen Bürger auf, diese Sammelleidenschaft einzuschränken. Das ging wie immer, wenn die Regierenden an die Vernunft der Bevölkerung appellierte, gründlich in die Hose. Nun setzte die Regierung zu den jährlich tausenden neuen Gesetzen noch ein neues hinzu. Nach einem Jahr hatte der Bundestag das Gesetz beschlossen, und zwar „über die zweckmäßige Bekleidung der Frau im öffentlichen Verkehr." Der jetzt gesetzlich festgelegte Bekleidungskauf brachte bei den hohen Preisen eine Armutswelle ins Rollen. Besonders betroffen waren die Alleinerziehenden, die dann als erste auf die Straßen gingen und gegen das Gesetz demonstrierten. Ihnen schlossen sich bald alle Frauen an, sie streikten mit Unterstützung der Gewerkschaften gegen die hohen Preise und um höhere Löhne. Der Boykott, den die gesamte Bekleidungs- und Textilindustrie erfuhr, brachte diese letztendlich in die Pleite. Um das Gesetz einzuhalten, war der Verbraucher auf Importe angewiesen. Die billigen Importe aus der dritten Welt brachten Ruhe in die Massenbewegung, lösten jedoch nicht den Kaufkraftverlust. Die Arbeitsplatzverluste in diesen beiden inländischen Betriebszweigen ergaben dann genügend Gelegenheiten sowohl für soziale Arbeiten als auch für eine hervorragende Kinderbetreuung in den privaten Haushalten, die der Staat voll finanzierte.

Dank die Globalisierung sahen andere Länder die hoffnungsvollen Praktiken im Lande der Deutschen, sie versuchten ebenfalls davon zu profitieren. China schickte eine Delegation nach Deutschland zur inzwischen neuen Partei „Der individuellen Sammler". Die asiatischen Gäste verinnerlichten deren Parteiprogramm mit dem Ziel, dieses in ihrem Lande umzusetzen. Nachdem sie in China eine „Partei der individuellen Sammler" gründen wollten, kamen alle in den Knast. Der chinesische Delegationsleiter wurde daraufhin hingerichtet. China wollte sich einer möglichen Ausweitung der Bevölkerung nicht aussetzen.

Ich trug dem Bundespräsidenten meine Bedenken zur Ausweitung der Sammelleidenschaft in unserem Volke vor. Er erklärte, seine Macht wäre sehr begrenzt, und er könnte nur an die Bevölkerung appellieren, sich zurückzuhalten. Hinter vorgehaltener Hand meinte er, dass diese Leidenschaft doch recht hübsch sei. Allerdings käme das für ihn – aufgrund seines Alters – nicht mehr in Betracht. Meine Freundin sah das alles sehr gelassen und bemerkte: Solange du nicht mitmachst, ist die Welt in Ordnung. Ja, und wenn dann noch eine Epidemie ausbricht, kann es für die Bevölkerung nur gut sein, ihre Leidenschaft zu überdenken.

Die Frauen auf den Fahrrädern und im öffentlichen Straßenverkehr fühlten sich ganz ohne die bewussten Kleidungsstücke sehr nackt. So begannen sie die sichtbaren Stellen am Oberkörper und den Hinterteilen mit Schmuckklebern aufzuhübschen. Mit Piraten, Schiffen, Fußbällen und Bildern berühmter Fußballspieler. Einige griffen zu Briefmarken, da die Produktion dieser Klebegeister durch die Subvention der Regierung enorm gestiegen war und einen großen Preisverfall nachwies. Den Betrachtern gefiel das, sie sammelten nun selber fleißig Briefmarken, zumal dieses Papier keine großen Lagerräume benötigte.

Die kälteren Jahreszeiten verhinderten die bewussten Sammelleidenschaften, deshalb trat eine gewisse Beruhigung ein.

Trotzdem musste etwas Entscheidendes passieren, um dieser Leidenschaft Rechnung zu tragen. Die Regierung setzte wissenschaftliche Kommissionen ein, mit dem Ziel, dieses Phänomen zu untersuchen. Nach zwei Jahren stiegen nur die Gehälter der Mitarbeiter in diesen Gremien, hinzu kamen noch mehrere tausend beschriebene Seiten Papier und fünfzig Gesetzesentwürfe, die allesamt als nicht ausreichend verworfen wurden.

Die entscheidende Idee kam schließlich von Magnus Bachweiler, einem ehemaligen Schafshirten, der sich zu Hause langweilte, weil Dämmstoffe aus Schafswolle nicht mehr gefragt wurden.

„Wie wäre es, wenn die Bekleidung der Bevölkerung wieder Schafswolle als Grundlage hätte?", überlegte er. Er trat vor die Kommission und begeisterte mit dieser bahnbrechenden Idee deren Mitglieder und somit die Regierung. Die bisher so verschmähte einheimische Wolle erhielt nun eine einmalige Chance für die Herstellung bezahlbarer intimer Damenbekleidung. Die Modedesigner des Landes und der EU-Länder erkannten diese einzigartige Gelegenheit, mit völlig neuen Materialien die Damenwelt zu begeistern. Selbst der schöne Karl zog seine kostbaren Handschuhe aus und ließ die Models mit seinen Kreationen die Modestege bevölkern. Diese Innovation regte die Bekleidungsindustrie dermaßen an, dass sie sofort auf diesen Zug sprang und Damenunterwäsche mit diesen völlig neuartigen Materialien herstellte. Die Arbeitslosigkeit in dieser Branche verschwand, dafür entstanden neue Arbeitsplätze, insbesondere durch das Spinnen der Wolle. Der Beruf der Handstrickerin erlebte eine wahre Hochkonjunktur und die Wäsche einen bezahlbaren Aufschwung. Die Sammelleidenschaften für die neuen Kleidungsstücke verloren nunmehr

ihren Reiz. Die Frauen und Mädchen verschönten insgesamt das Straßen-
bild in ihren entzückenden wolligen Innenhüllen die sie fortan öffentlich
zur Schau stellten. Magnus Bachweiler ließ sich seine Idee patentieren und
erhielt schon bald das Bundesverdienstkreuz.

DER KLIMAGIPFEL

Es gipfelt ständig auf der Welt. Überall, länderübergreifend, tagen und streiten Gipfelfreunde und Gipfelfeinde. Unter denen soll es sogar einige geben, die ganz gierig auf die Teilnahme an den Gipfelchen in der Welt sind. Ja, sie richten ihr ganzes Leben darauf ein, sogar die Freizeit wird noch angehängt. Es geht dabei immer um ein Nichtproblem. Angeführt wird das Treffen von Fachministern, Präsidenten oder Kanzlern, die mit ausreichend gesammeltem Gipfelgesprächsstoff diesen allen Teilnehmern verabreichen und sie sogar selbst reden lassen. Ein Riesenschwarm von Beratern umgurrte den Gipfel und ließ es sich gut gehen, da der Ausgang sich genau wie der Eingang darstellte. Am Ende gab es dann meistens das sogenannte „Hornberger Schießen" als Ergebnis. Beim Klimagipfel, deren es im Laufe der Jahrzehnte viele gab, präventierten diese Gipfel immer das Hornberger Schießen. Alle gingen schon auf dieses erwartete Ergebnis hin, und um letztendlich das Gesicht zu wahren, gab der nachhaltige Gesprächsstoff kleine Plauderrunden in entspannter Atmosphäre her.

Der letzte große Klimagipfel stand unter der lustvollen Klage eines kleinen unbedeutenden Landes, welches durch eine Unwetterkatastrophe fast ausgelöscht wurde. Dies war hingegen kein Anlass, durch nachhaltige Änderungen zerstörerisches CO2 zu beseitigen.

Der Klimagipfel fand in einem Lande statt, wo alle Teilnehmer nur mit Fahrzeugen aufkreuzten, deren Abgase zwar auf das Klima nachhaltend zerstörend wirkten, jedoch der Bequemlichkeit einen fördernden Schub gaben. Ungefähr Vertreter aus 168 Ländern bestückten diesen Gipfel. Als Beobachter fiel mir ein, dass es in Berlin mehr als nur 168 Vertreter aus verschiedenen Ländern gab, ganz abgesehen von der daraus resultierenden Anzahl der Menschen aus aller Welt. Der Gipfel wäre sicherlich besser mit den in Berlin bereits vorhandenen Vertretern zu veranstalten und dann auch mit einem nachhaltigen Ergebnis.

Mein Onkel Fridolin Kranich, ein Klimaforscher, meinte gar, er könne den Klimagipfel in Berlin fachgerecht leiten. Dazu würde er seinen Freund, den Werkzeugschlosser Markus Söderbaum, mitnehmen, der könnte gut lesen, auch ohne Brille. Er sei gebürtiger Schwede und deckte gleich zwei Kriterien ab, nämlich Fachmann und Landesvertreter.

Die deutschen Gipfelminister tauschten öfter ihre Posten, sie gingen in den Ruhestand oder neue Wahlen gaben neue Minister. So richtige Regierungslust kam bei den Umweltministern nicht auf. Der vorletzten dieser Minister verdarb sich beim Klimagipfel den Magen durch die umweltfreundlichen Gerichte, die zwar reichlich, aber geschmacksneutral seinen hohen Ansprüchen nicht genügten.

Nach fünfzig Reden kam sogar bei den geistig beweglichen Klimagipfelteilnehmern Langeweile auf. Die Redner lasen seitenlange Absichtserklärungen und Einlassungen ihrer Lobbyisten vor, die sich fast alle glichen. Alle wollten gegensteuern und die Industrie steuerte gegen das Gegensteuern. Es entstand ein Patt, der nur außerhalb des Gipfelsaales weitere Gespräche in lockerer Atmosphäre zuließ.

Der deutsche Minister Max Bauchmüller, bekannt für seine europäische Vorreiterrolle, holte seine erneuerbaren Energien aus dem Ärmel, musste aber zugeben, dass die Flügel der Windräder zu viel lärmten. So mancher Vogelzug flatterte in die Flügel der Windräder und brachte die Tierschützer zur Raserei. Man sann auf Abhilfe und arbeitete an riesigen Gittern, um die Windräder vor dem Vogelflug zu schützen. Die Solarindustrie ging inzwischen Pleite, da sie immer noch im Inland verblieb. Dafür dampften umso heftiger die Kohlekraftwerke – Gott sei Dank.

Jedes Land brachte zur Auflockerung des Gipfels eine Folkloregruppe mit. Die Afrikaner stampften sich die Füße wund, und die Trommler verursachten bei den Gipfelstürmern erhebliche Hörschäden. Max Bruchmüller als Star des Gipfels durfte zusammen mit den Afrikanern auftreten. Dank seines Körpergewichts hinterließ er sichtbare Eindrücke im Bühnenboden und bei manchem Fehltritt laute Schreie der tanzenden, mit Strohröcken bekleideten Afrikaner. Das inzwischen aufgebaute, deutsche Sanitätszelt konnte sich über Besucher nicht beklagen.

Die Chinesen stellten röhrende Sänger vor, ohne Schutzmasken, die sie sonst in ihren Großstädten trugen.

Die Amerikaner ließen fast unbekleidete Girls tanzen, um anzudeuten: Wir brauchen keine Alternative, ja fast gar keine Energien. Wir haben alles im Griff. Max Bruchmüller rührte kräftig seine Patschhändchen und veranlasste eine Grußadresse an den amerikanischen Präsidenten.

Die Russen überlegten, wie sie ihre Lebensgrundlage in Gas und Öl umweltfreundlich verpacken sollten. Eine Männergruppe tanzte den Kasatschok, während eine Gruppe schwarzes Öl auf die Tanzfläche goss und alle sehr schnell auf den hinteren Körperteilen landeten. Dazu verströmten sie Gas mit Blütenduft versetzt, das alle begeisterte und reihenweise ins Koma setzte. Sie brachten wieder mal Stimmung in die Bude und ließen Umwelt weiterhin Umwelt sein.

Deutschland ließ sich mit einem gelungenen Auftritt nicht lumpen. Max bot seine bayrischen Schuhplattler auf. Er wollte damit aussagen, dass mit Muskelkraft eine umweltfreundliche Stromerzeugung möglich sei, wenn man denn die Muskeln richtig einsetzen würde. Dazu sang ein Volksmusikchor aus Bayern die EU-Hymne, um mit dem *Götterfunken* auf die alternativen Energieerzeugungen einzugehen.

Inzwischen schmolz das ewige Eis an den Polen weiter ab. Die Eisbären bildeten sich langsam zu Warmbären um, da ihnen das Klima die Winterhöhlen wegtaute. Es gab immer mehr Wasser, nur nicht in der Wüste. Der Regenwald erlebte erfreuliche Auslichtungen und nahm so maßgeblich an der Klimaregulation der Welt teil. Eigentlich benötigte man das Tropenholz nicht unbedingt, höchstens für Bögen der Streichinstrumente und Flöten. Ansonsten rotteten die aus diesem Holz hergestellten Außenmöbel bei den Nutzern still vor sich hin.

Der Wachstumswahn für Wohlstand, Demokratie und Blödsinn wird ungebremst propagiert und von der Politik und Wirtschaft betrieben. All das wird aber nicht für das Klima benötigt. Einmal muss ja wohl Schluss sein mit der Erde, wenn es die Verursacher nicht trifft. Nicht das Wachstum von klein Ullrich oder Marlene wäre wichtig. Sie wachsen ganz sicher von alleine. Wachstum in der Natur ist nur dann möglich, wenn eine Verwertung als nächster Schritt folgt. Denn Kühe müssen gefüttert werden und Feldfrüchte gedüngt. Die überwiegend unter dem Meeresspiegel liegenden Niederlande freuten sich, bald ihre Ansiedlungen unter Wasser fest einzurichten und ihrer Bevölkerung dauerhafte Atmungsgeräte zu verpassen oder sie in andere Länder auszusiedeln.

Die Chinesen und Amerikaner, den Neu- und Altkapitalisten störte die Klimazerstörung nicht. Sie waren aber maßgeblich beteiligt an solchen Umweltkatastrophen wie Überschwemmungen. Auch Hurrikane gab es in immer kürzeren Abständen – fröhliche Erlebnisse, an die sich die Nichtverursachenden gewöhnten. Die Verantwortlichen für ihr Nichtstun saßen fest und geschützt in ihren Luxusvillen. Bis es irgendwann gefährlich wird, bis kurz vor dem Weltuntergang, doch das kann dauern. Bis dahin können viele freundliche Gipfelchen tagen und noch sehr schöne Gruppen aus der ganzen Welt auftreten. Max Bruchmüller fielen schon sehr glanzvolle und aufwendige Veranstaltungen für die nächsten Gipfel ein. Man musste die Welt bei Laune halten und das langweilige und dümmliche Gebrabbel aufhübschen. Nicht dass die meisten Teilnehmer wieder wegschlummerten und sich nur an den langen Fresstafeln die Mägen vollschlugen.

Wie wäre es, aus jedem Land eine Kindergartengruppe einzuladen und Morgenlieder singen zu lassen. Die Auswahl in den Gruppen von den

Drei- bis hin zu den Sechsjährigen wäre riesengroß. Zu überlegen wären noch Kinder aus der Kinderkrippe, um gleich das Windelnwechseln vorzuführen, und das obendrein mit umweltfreundlichen Leinenwindeln. Diese können gleich vor Ort gesäubert und der Handwäsche zugeführt werden, wobei eine leichte Luftverschmutzung vernachlässigbar klein bliebe. Eine starke und nachhaltige Wirkung der Gipfelteilnehmer bei dieser Tätigkeit sollte es schon hinterlassen, zumal es gleichzeitig ein körperliches Training für die Damen und Herren des Gipfels wäre und so deren Teilnahme nicht ganz nutzlos zu Ende gehen würde. Dann müsste der Gipfel allerdings zwei Monate andauern, um allen Ländern gerecht zu werden.

ES RECHNET SICH NICHT

Seit Monaten machte eine Einbrecherbande das ganze Stadtviertel einer Großstadt unsicher. Sie brachen in Häuser ein und räumten alles aus, was einen guten Gelderlös versprach. Die Polizei versuchte vergeblich, die Bande zu erwischen und festzusetzen. Ehe sie am Tatort auftauchten, gab es nur noch leer geräumte Häuser und keine Täter. Alles Brauchbare war verschwunden, dafür aber die leeren Räume sauber gefegt und teilweise auch gewischt.

Eines Tages stand eine zierliche blonde Frau vor dem Polizeirevier 42 und wollte dringend den Chef des Reviers sprechen. Der ließ sie hereinbitten, und sie stellte sich als Amanda Leisetreter vor. Gleichzeitig streckte sie beide gekreuzten Hände vor und bat den Kommissar, sie festzunehmen und ihr Handschellen anzulegen.

„Ich bin die Geschäftsführerin der Einbrecherfirma *Vorwärts und Weg* des hiesigen Stadtviertels und möchte jetzt sofort verhaftet und eingesperrt werden.“

Der Kommissar weigerte sich, dieses zu tun, und meinte stattdessen: „Woher weiß ich, wer Sie sind und ob Sie mit der berüchtigten Einbrecherbande was zu schaffen haben? Wo sind die Beweise? Da kann ja jeder daherkommen und sich verhaften lassen. Außerdem ist das hiesige Gefängnis voll belegt, sodass wir gar keinen Platz haben. Wo sind denn Ihre Komplizen?“

„Wie gesagt, ich bin die Geschäftsführerin, die anderen führen nur meine Befehle aus. Das Ausspionieren, Einschätzen der Warenwerte und Anbieten der Ware im Einzelhandel, auf Märkten, über Zeitschriften und Makler ist allein meine Arbeit. Desgleichen den Zeitpunkt des Einbruches zu benennen Erst habe ich klein angefangen mit zwei Mitarbeitern, aber nach einer entscheidenden Vergrößerung der Firma lief mir die Logistik aus dem Ruder. Es wurde alles unübersichtlicher, und die Geschäfte gingen immer schlechter. Der Bedarf an hochwertigen Einbruchwaren ging immer mehr zurück, und die Rendite verschlangen sämtliche Nebenkosten.“

„Haben Sie es schon mal im Internet versucht?“, so der Kommissar.

„Natürlich, ich organisierte außerdem große Ausstellungen und Versteigerungen, doch glauben Sie etwa, das nützte was? Nein, ganz im Gegenteil. Der Staat mit seinen unsinnigen Abgabengesetzen wie Umsatzsteuer, Einkommenssteuer, Mehrwertsteuer usw. ließ unsere Gewinne ständig schrumpfen. Die kleinen Gewerbetreibenden sind härter betroffen als Großbetriebe oder Konzerne."

„Sie haben doch neue Arbeitsplätze mit Ihrer Firma geschaffen, hat die Regierung das nicht subventioniert?"

„Ach, wo denken Sie hin! Ich musste noch kämpfen, dass wenigsten die eingestellten Mitarbeiter eine Förderung erhielten. Finden Sie erst einmal fertige Einbrecher, die obendrein noch nach Tarif bezahlt werden müssen und nach dem Auslaufen der Förderung volles Tarifrecht in Anspruch nehmen. Die Qualität der Mitarbeiter stellte sich als äußerst unzureichend dar. Es gibt in Deutschland keine vernünftige Ausbildung mehr, die Pisa-Studie lässt grüßen. Die Einbrüche musste ich aus Gründen der Rendite-erwartung rationalisieren und ganztägig ausweiten. Für die Beschaffung der Werkzeuge und Transportgeräte habe ich bei der Bank einen hohen Kredit aufnehmen müssen. Denken Sie doch dabei mal an das ständige Umspritzen der Fahrzeuge und die Neubeantragung von Autokennzei-chen."

„Da haben Sie sicher einen Geschäftsgründungszuschuss von der Regie-rung bekommen."

„Der ist schon lange verbraucht, an die Modernisierung und Rationali-sierung der Einbrüche. Ja, anfangs lief alles sehr gut, und ich hatte schon geplant, an die Börse zu gehen. Nur in unserer jetzigen Lage sind wir dem Konkurs näher als dem Wachstum.

Mit den Arbeitskräften gibt es nur Scherereien. Bei der Bezahlung nach Tarif sind die Abgaben wie Arbeitslosen-, Kranken-, Rentenversicherung, also alle Sozialabgaben so hoch, dass sie kaum noch für mich profitabel ar-beiten können. Bei Lohnkürzungen, die ich notgedrungen festlegte, hatte ich gleich die Gewerkschaft am Hals. Mein Versuch, die Kurzarbeit einzu-führen, scheiterte an den verloren gegangenen Einbrüchen bei gleichzei-tiger Abwesenheit der Hausbesitzer. Einmal erwischten sie einen meiner Mitarbeiter, der sich jedoch befreien konnte, indem er den Hausbesitzer in Krankenhausreife brachte. Danach drohten meine Mitarbeiter mit einem Arbeitsstreik, wenn ich meine Planung nicht besser vorbereitete oder sie mit Schreckschusspistolen ausstattete.

Manche mit Werksverträgen und Ein-Euro-Jobber, die ich kurzzeitig einstellte, gerieten wegen ungenügender Qualifikation in Schlägereien, die sie verloren. Sie sind als Hartz-IV-Empfänger besser aufgehoben. Wirklich schlimm erging es mir, als einer meiner Mitarbeiter beim Transport eines Geldschrankes stürzte und sich schwer verletzte. Die Krankenkasse wollte den Arbeitsunfall nicht anerkennen, und die anschließende Kur dieses Mitarbeiters musste ich tragen."

„Warum schlossen Sie sich nicht Ihrer Berufsgenossenschaft an? Bei diesen hohen Kosten – wie konnten Sie dann überhaupt weitermachen?"

„Ich versuchte es mit dem Export der Waren in Länder wie China, Russland und in die Nordstaaten. Leider fraßen die hohen Aus- und Einfuhrzölle die gesamten Gewinne auf, sodass ich nach einer längeren Versuchszeit diese Geschäftspraxis begraben musste."

„Wie wollen Sie nun fortfahren?", gab sich der Kommissar verwundert.

„Erst einmal möchte ich in Ihrem Etablissement eine Auszeit nehmen und anschließend eine neue Firma gründen, die sich auf Entführungen und daraus folgend auf Lösegeld spezialisiert. Dieses Unternehmen erscheint mir einfacher und krisenfester", antwortete sie und streckte dem Kommissar wiederum ihre Hände entgegen.

Der Mann lehnte eine Festnahme ab, da – wie er meinte – die Beweise für eine Verhaftung nicht ausreichten. Er wünschte Amanda Leisetreter und ihren Mitarbeitern weiterhin viel Erfolg wobei er mahnend erwähnte, künftig die richtig Ausgebildeten einzustellen.

DAS MESSIE-SYNDROM

Es ist schon erstaunlich, wie viele Menschen dem Messie-Syndrom nachgehen. Mehrere Hunderttausende geben sich diesen Segnungen hin. So vielfältig, wie die Charaktere der Menschen sind, so vielfältig sind auch die Spielarten, mit denen sie ihr Syndrom ausleben. Alle sind Perfektionisten, die nur ihr Chaos nicht ordnen können. Wichtige Dinge werden gesammelt und nicht mehr herausgegeben.

Ganz schlimm sind jene Menschen dran, die erst ihre Gedanken sammeln und dann gezielt Betriebe einheimsen, wenn sie denn schon einen Betrieb ihr Eigentum nennen. Sie sammeln und erweitern solange, bis sie die Übersicht verlieren. Dann geht es wahlweise in eine Insolvenz oder sie verkloppen alles und begeben sich zum Psychotherapeuten. Es gibt jährlich tausende Beispiele zur Abwicklung großer Betriebe und Konzerne. Wenn das Messie-Syndrom eines Managers übergroß wird, die Gier längst überdimensionale Zeichen annimmt, ist es für die fleißig Arbeitenden in diesen Betrieben und Konzernen schon zu spät. Sie werden abgefunden, ausgesondert, einfach ihrer Existenz beraubt, den Sozialkassen überlassen und zusätzlich oft dem Psychologen zugeführt. Der Messie hat in der Regel Glück und wandert zum nächsten Tatort. Entweder weil ihn die Politik hält und fördert oder er noch über eigene Milliarden verfügt und so die nächsten Opfer sucht und findet. Er sammelt und entsorgt weiter, stets nach dem gleichen Muster. Der kleine Messie sammelt bescheiden alten Kram und schämt sich unbändig über diese Leidenschaft. Den Milliardären oder den politisch und anderweitig geförderten Messies geht dieses Gefühl der Scham völlig ab.

Daher ist es vor Einsätzen, bei denen ein Manager oder Milliardär die Verantwortung übernehmen soll, dringend anzuraten, dass sie sich vorher von einem unabhängigen Arzt den Hypothalamus im Zwischenhirn untersuchen lassen. Allein um sicherzustellen, dass die Auserkorenen nicht in das Messie-Syndrom abgleiten.

Elvira, nicht mehr ganz jung, vorzeitig von ihrer Erwerbsarbeit befreit und bereits im Genuss des reichlichen Hartz-IV-Staatsgehaltes. Eine hübsche Brünette mit freundlichen Umgangsformen, jetzt im Prekariat angekommen, musste jeden Cent zweimal betrachten, ehe sie ihn ausgab. Sie harrte trotz des noch nicht erreichten Rentenalters auf die Rente in der

Hoffnung, dass diese reichlicher fließen würde und sie vom Staatsgehalt befreit wäre. Ihre Leidenschaft galt dem Sammeln von Behältern. Viele der Behälter in ihrem Umfeld wurden weggeworfen Die Form und das Material spielten dabei keine Rolle, egal ob rund, eckig, oval, ob groß, klein oder winzig, ob aus Kunststoff, Pappe, Holz oder Blech. Alle diese Behälter konnte sie irgendwann einmal gebrauchen. Als ehemalige Küchenchefin rückten all diese Behälter ins Bewusstsein, denn Elvira hatte ja bei ihrer Tätigkeit immer damit zu tun. Eine so grobe Entsorgung konnte sie nicht zulassen, denn das alles würde ganz sicher mal gebraucht werden. Sie bereicherte ihre Wohnung mit immer neuen Behältnissen, die andere wegwerfen wollten. Da sie ihr Bett nicht mehr fand, dachte sie an ein Großreinemachen. Dazu fehlte ihr der Mut, wenn sie an diese riesige Aufgabe dachte. Als ich sie besuchte, krabbelte sie unter dem Wohnzimmertisch hervor, der mich an ein Zelt erinnerte, das meine Kinder manchmal in unserem Wohnzimmer aus Kartons und Decken gebaut hatten. Mühsam bahnte sie sich den Weg in die Küche, die – oh Wunder – ihre Funktion noch erfüllte und Kaffee und Tassen noch hergab. Früher, im Betrieb, geriet mit zunehmender Sammelleidenschaft ihre Kreativität ins Abseits und führte zur Kündigung. Nun konnte sie sich ausgiebig ihrer Sammelleidenschaft widmen, sämtliche Abfallplätze und Kaufhallen durchforsten und ihre ganze Kraft dafür einsetzen.

Einen Messie der besonderen Art lernte ich in Herrn Grünling kennen. Milliardär von Beruf, ausgestattet mit einem offensichtlich getragenen Gutmenschen-Image oder vielleicht doch einem erheblichen Drang zur Selbstdarstellung? Der ständig helfen will, den Mühseligen und Beladenen. Ein Moralist wohl eher nicht. Tausende von Mitarbeitern eines insolventen Konzerns mussten gerettet werden. Für einen schlappen Euro kaufte er den gesamten Ramsch einer der größten Kaufhausketten in Deutschland. Mit allen wichtigen Ministern und der Kanzlerin hielt er seine imposante, ja schöne Figur in alle sich bietenden Kameras und posaunte in jedes hingehaltene Mikrofon seine stets gleichen Sprüche. Vom Helfen, Investieren und Erneuern (bei seinen Milliarden!) war da die Rede. Die politische Creme (jeder nahm ihn beseelt für sich in Anspruch) sonnte sich im Glanze dieses aus der Versenkung gekrochenen Messias.

„Hallo, hier bin ich, wir werden es gemeinsam schaffen und tausende Arbeitsplätze retten." Damit meinte er all die großen Politiker, die allerdings vergessen hatten, ihre selbst erfundene freie Marktwirtschaft und die laufenden Rahmenbedingungen, die sie gegen die Arbeitnehmer in immer neue Gesetze gossen, zu beachten. Ihr Erinnerungsvermögen war der Grünling – Euphorie gewichen.

Grünling dachte nicht im Entferntesten daran, nur einen müden Cent von seinen gesammelten Milliarden herzugeben. Sein Messie-Syndrom war und ist auf weiteres Sammeln ausgerichtet. Wie machte es doch Freude, einmal Kaufhäuser und abhängige Menschen zu sammeln. Zumal das alles für einen Euro, den er noch rein zufällig im Futter seiner alten Jacke fand. Es ist schon etwas anderes, nicht nur Milliarden zu sammeln, sondern Menschen, die richtig arbeiten in glänzend eingerichteten, riesigen Häusern und dann nur noch für ihn, den Milliardär. Grünling war überwältigt. Ihn schwante ganz hintergründig, dass die vielen tausend Arbeitenden von ihm etwas Bedeutsames, gar ein Wunder erwarten. Aber für Erwartungshaltungen anderer an ihn war er nicht zuständig. Reisen und persönliche Ausgaben nahmen seine Zeit voll in Anspruch. Imagepflege ja, Reduzierung seines gesammelten Kapitals nein – ganz ausgeschlossen. Schließlich wollte er weiterhin im Vergleich zu anderen Milliardären mithalten können. Schon genug, dass Vater Grünlich seine mühselig gesammelten Kunstwerke dem Staat übergab. Der Mann litt zwar ebenfalls am Messie-Syndrom, meinte jedoch, dass er nun altersgerecht für seinen Nachruhm sorgen müsste. Sein Milliardärssohn fand die Übergabe seitens des Alten unverzeihlich.

Nach einiger Zeit war seine Geduld am Ende, immer diese Fragen nach Investitionen, neuen Konzepten und dem Erhalt der gesammelten Häuser und Menschen. Sollten die Mitarbeiter doch selber für die Häuser und ihren Verdienst sorgen, wozu waren sie denn da. Er hatte nichts versprochen, nur Statements abgegeben, was man machen könnte und kann. So lange hatte er sich als Gutmensch dargestellt, das müsste wohl reichen. Seinetwegen konnten doch die Kaufhausarbeiter zu Hause bleiben, er weinte ihnen keine Träne nach. Ab mit dem belastenden Kram, sie könnten froh und dankbar sein, ein arbeitsfreies Leben zu genießen, so wie er dies selber praktizierte. Er gab seine – durch sein Nichtstun noch höher verschuldeten – gesammelten Häuser und Menschen frei und machte dabei nur einen lumpigen Gewinn von vierzig Millionen. Lächerliche Peanuts für all seine Mühen, sich mit der politischen Oberklasse und den Gewerkschaften bei Fotoshootings zu treffen. Da kam ihm sogar die französische Torte mit 23-karätiger Goldauflage von vorgestern wieder hoch. Wenigsten konnte er seinen Bekanntheitsgrad durch diese neue Sammelleidenschaft erheblich steigern. Nun musste er nachdenken, was er weiter sammeln könnte, denn das Messie-Syndrom ließ Grünling nicht zur Ruhe kommen. Ihm fielen die vielen maroden Schulgebäude in einigen Bundesländern ein, die er zum Nulltarif übernehmen könnte, und nach einer angemessenen Zeit würde er die Schüler den Eltern zuführen. Sollen sie sich doch selber um ihre Kinder kümmern! Der Steuerzahler wird sich dann sicher notgedrungen wieder finden, um die Gebäude zu sanieren. Er könnte danach noch einen Gewinn bei der Veräußerung dieser nun nicht mehr maroden Gebäude herausschlagen. Grünlich rieb sich die Hände, wenn er daran dachte, einige gute Gebäude zu behalten, um sie vielleicht mit noch höherem Gewinn an Privatschulen zu veräußern.

Es kamen ihm bei seinen Reisen durch die Luxushotelwelt noch viele neue Ideen. Er dachte an den neuen Flughafen in Berlin, den jetzt ein gerissener Mehlwurm in seinen Fängen hält. Oder an die vielen Museen, die allesamt einen Milliardär für Sanierungsaufgaben suchten, oder an die tollen Luxushotels, die er dann kostenlos nutzen könnte.

Er würde sich erst mal international orientieren und sein Image weltweit mit Pachttoiletten aufpolieren. Die stanken von ganz alleine gegen den Himmel.

DER AUTOR

Winfried Rochner wurde 1933 in Schlesien geboren und ist wohnhaft in Berlin. Er ist verheiratet und hat zwei Kinder.

Nach einer erfolgreichen Schlosserlehre beendete er ein Studium im Maschinenbau mit einem Ingenieurabschluss. Danach war er tätig als Konstrukteur, Berufsschullehrer, Hauptabteilungsleiter, Bereichsleiter und Fachdirektor. Nach einer weiteren Ausbildung stellte er als selbstständiger Handwerker Holzspielzeug her.

Nach der Wende war er Geschäftsführer im Verein „Arbeiten für Behinderte in Berlin." Bei späteren Aktivitäten als Bezirksverordneter setzte er sich für die Bildung und Betreuung von Kindern ein.

BUCHTIPP

Winfried Rochner
Die Gurke Liesabetta und das Schaf Emil gehen auf eine Weltreise

ISBN: 978-3-86196-522-0
Taschenbuch, 90 Seiten, illustriert

Die beiden Weltreisenden stiefelten los, immer geradeaus nach Norden, und tatsächlich erreichten sie nach einer Weile das große Meer. Sie setzten sich auf einen Stein, der am Meeresstrand lag ...

Die Gurke Liesabetta bereitet gewissenhaft ihre Weltreise vor und beginnt sie dann alleine. Bald merkt sie, dass so alleine eine Weltreise keinen Spaß macht. Sie geht zurück und überredet das Schaf Emil, mit ihr gemeinsam loszuziehen. Sie erkunden eine Stadt, finden später ein Ruderboot und kommen mit einem ungewöhnlichen Antrieb über das Meer. Weitere Reisefahrzeuge, die sie zufällig entdecken, ermöglichen ihnen dann, schrankenlos zu reisen. Sie kommen nach Afrika und dank der Verwandlungskunst von Liesabetta bestehen sie die Reise auf diesem Kontinent.

Weitere Abenteuer erleben sie in einem völlig anderem Land, wo Drachen und kleine intelligente Menschen leben.

Buchtipp

Winfried Rochner,
Der Dinosaurier aus dem Hügel

ISBN: 978-3-86196-768-2
Taschenbuch, 60 Seiten

Alle diese Geschichten haben keinen gemeinsamen Helden. Jede Geschichte steht für sich, hat einen besonderen Anlass. Dadurch ist jede Geschichte immer wieder mit neuen Gedanken verbunden und gestalten sie abwechslungsreich.

Plötzlich hörte er am Hügel ein leichtes Stöhnen und Ächzen, das immer stärker wurde. Dieses seltsame Geräusch endete schließlich mit einem dumpfen Schrei …
Ach sag, warum soll ich meine Pilze aus dem Korb werfen und dafür die albernen Zapfen nach Hause schleppen?

Eines Tages als die Sonne besonders heiß vom Himmel herabprasselte und alle still vor sich hin dösten, flog ein gut gezielter Pfeil auf Lieselotte. Nur Wilhelm, der Kochlehrling, konnte laufen, denken und sprechen, was ihm jedoch nichts brachte, da niemand ihm mehr zuhören konnte.

Da – was war denn das? Ein mächtiger, langer Kopf tauchte plötzlich hinter einer Welle auf.

9 783986 270322